情不知所起，一往而深。
尋著心之所向，乘著拂曉清風，
流往那剎那即永恆之境。

情不知所起，一往而深。
尋著心之所向，乘著拂曉清風，
流往那剎那即永恆之境。

上位體驗
網路人氣作家
小蒹葭 著
Kopako 繪

# Contents

# 第1章　再送你一個

◆提問：「被搞大肚子是什麼體驗？」

匿名使用者：謝邀。但我是男的爲什麼要問我這個？一定沒人搞得大我的肚子，但是……我確實曾經裝過一段時間的大肚子——爲了跟我們學校校草結婚。其實多虧了ABO小說，讓我發現裡面的男人竟然可以生孩子！

我因此萌生了上位的想法。

是的，我跟校草是簡單的肉體關係。他喜歡我的身體，我喜歡他的全部。

我先是追問了校草喜歡的味道，在身上噴了香水，僞裝成誘人的費洛蒙。

但是失敗了，校草說我太娘，不想跟我發展肉體關係。

好吧，我放棄搞費洛蒙。

我沒有腺體，這個行不通。但是我可以說有生殖腔啊。

所以，我深夜喝個小醉，開了個房，邀請校草過來。

校草是眞的喜歡我的身體，一叫他就來了，接著……一發不可收拾。

事後，我故意裝作一副特別依賴他身上味道的樣子，抱著他不放，跟嗑了藥似的。

他皺起眉頭。

我裝作看不見地說：「這樣身體就舒服很多了。」

他的眉頭好像就舒緩了。

我幾乎每次都這樣，終於有一天，我告訴他懷了他的種，更依賴他的味道了。

校草聽了，眉頭皺得好緊。

我一點也不慌不忙，說出了自己有特殊的生殖腔的事。賭他沒看過ABO文，我把它說得跟眞的一樣。

校草相信了。

但是校草不太精明，沒帶我去做檢查。

我憑藉著不存在的小孩，成功地跟校草結了婚。在我懷了假寶寶的第二個月時，再裝作在寢室摔了一跤，要我室友幫忙僞裝成已經送我去過醫院了，一直到晚上才通知校草，他的孩子沒了。

校草驚訝了好幾秒。

然後沉默了一陣，才安慰我說：「再送你一個。」

再送我一個？

我立馬明白了校草的意思，但是後來我一直說沒成功懷上。以上就是我套牢校草的絕妙方法！

＝＝＝＝＝＝

評論：

『此回答必爆！前排前排，樓主是男的，對象是校草。操操操，我竟然遇到 Live 直播回答了！媽媽我圓滿了！』

『我有一個想法，但我不說。我還想聽樓主繼續撒狗糧！』

『我也有一個想法，我也不說。樓主我們都對校草很好奇！』

『那個，我怎麼感覺是校草在套你啊！除非校草是九年義務教育的漏網之魚，不然這種說法誰會信？』

（系統顯示：後續評論被多人檢舉，已刪除）

◆提問：「被搞大肚子是什麼體驗？」

匿名使用者：你們這些點讚評論的都有什麼想法啊還不快說？

校草做事一絲不苟的，尤其對我的生殖腔好奇得要死。

他媽的我哪有那玩意兒？每次弄得深的時候我就亂叫。爲了編出一個完整的說詞，我還搞出一個發情期來。

反正呢，只要放得開，校草就算懷疑，最後也必須相信。他是正經八百的人，大概沒看過我這麼騷包的。

我也不是騷包，只是想抓住一個男人的心，就得抓住一個男人的腎。

但他是眞的正經八百老實人。

我撒謊說「發情期一個月一次，每次持續三天」的這個設定，有時連我自己都忘記了，但是他都記得住，還會特別認眞賣力，搞得我都覺得自己眞的有發情期了。

騙老實人還是有點罪惡感的，幸好他體力夠好。

不過，說到這，我想起之前假懷孕兩個月時我騙他流掉了，他立馬就想再送一個給我，壓根沒有要顧及我當時算是流產的身子，還問我用什麼姿勢才能更容易讓生殖腔懷孕！

操，我那時沉迷他的肉體也沒多想，現在懷疑他就只愛我的身體了！

結婚都五年了，有事沒事一直想跟我探索一起生殖腔，我眞懶得理他。

操，我好像出現感情危機了！

他爲什麼絲毫不在意我流產的身體！

五年了，也不懷疑我爲什麼不能生！
還探索生殖腔呢，探索個鬼啊!!

# 第2章　你可以覬覦

◆「暗戀是什麼滋味？」

匿名帶娃：自己來的，沒滋味。

我暗戀的人是我們高中校裡有名的混混校霸。

說混混是因爲他愛打架，還燙染髮；說校霸是因爲他是混混裡的老大。

但我不想叫他混混，因爲他長得好看，成績也很好，除了愛打架之外，也沒缺點了。

高中公告欄懲處公文十次有九次都有他，幾乎天天去寫悔過書，再被罰廣播唸給大家聽。他聲音好聽，聽他唸悔過書是我的私心福利。

那個時候，我的眼裡只有他，但他一心只想著找人打架，還有怎麼弄自己的頭髮。

高三那一年，我跟他沒有任何交集。

但我偷偷看了他的大考志願，人雖然很混，但他的目標志願還挺高的。

我決定跟他報同一個學校。

同一個學校，不是同一個科系。

大學一開學就是軍訓。軍訓非常嚴格，他的一頭黃毛被迫染回了黑毛。其實黃毛已經很好看了，但黑髮簡直好看十倍。

只是他十分不滿。

他很愛發文，完全把社群當成了自己的日記。

染髮這次他也發了。

我找到他那次發的文：「他媽的，狗屎教官。老子金光閃閃的頭髮有多帥？老子遲早染回來。」

對，他愛說髒話，畢竟是個混混。但他不嫖不賭，是個正經混混，一定也是個中二混混，因爲一般人說不出口這樣的話。

軍訓的時候，我們經常碰面，他喜歡盯著我看。我才知道，他愛看帥哥。

我想主動找個機會拉進跟他的距離，爲此熬了好幾夜制定計畫，但還沒等我計畫完，就碰上他在打架。

就在學校外面的巷子。

一對一，我跑過去勸架，發現他還喝酒了。

他看了我一眼就倒在我懷裡，嘟嘟囔囔地說：「去他媽的死Gay，老子也是那種狗屁玩意兒敢覬覦的？」

我覺得我也是狗屁玩意了。

而且他不也是Gay嗎？

他又瞥了我一眼，這一眼，他就不動了，抬起腦袋看著我，還打了一個酒嗝說：「你可以覬覦。」

我吞了吞口水，占了他便宜。

本來不打算做到底的，但他一直勾著我，長腿纏在我腰上不放，還主動脫了褲子。

我可恥地臉紅了，還有一點點的壞心情。

他太放蕩了，對一個剛認識的陌生人，怎麼能這麼主動，他甚至還想給我用嘴來！

所以害我以爲這麼主動的他，大概早就身經百戰了，但他卻跟隻鴨子似的不停叫痛，眼眶紅了個透，腿都快纏不住我的腰了，最後才小聲地要我輕點，說他是處男。

處男又怎樣？我也是啊！所以我放輕了點力道，但沒放過他。要讓他知道社會的險惡。

我是他第一個男人了。

開心。

第二天醒來後，他想打我。

但看清楚我的臉後，又忽然嬌羞了起來，還想跟我發展長期的肉體關係。

他喜歡我的身體和臉，但是我喜歡他的全部。

暗戀是什麼滋味？

美滋美味。

對了，剛建立了長期關係後，他就去染了一個綠毛。

我以爲他想暗示我什麼，於是又偷看了他的發文。

他覺得綠毛的自己更帥了。

再多說一句——中二混混現在是我老婆了。

# 第3章　你們還不配

◆提問：「這個世界真的會有Alpha和Omega嗎？」

補充提問：我看過太多ABO小說了，作者大大筆下的世界觀實在是太逼眞。ABO文裡的Beta占總人口的90％，Omega和Alpha加起來才10％。所以，我猜測我們大部分人都是Beta，那些有著費洛蒙的Alpha和Omega，普通Beta是聞不到的，因爲他們只會互相吸引，由於數量太少，我們壓根發現不了這些人。

所以，我個人覺得ABO是存在的。

以上是我的觀點。歡迎討論。

＝＝＝＝＝

匿名帶娃：謝邀。看到這個題目讓我恍神了一下，還以爲是我家老婆問的。但是看到後面補充的內容後，可以確定不會是我家那個會問的了。

他要是有這種想法，也不會騙人還破綻百出。

我家那個原本就在僞裝Omega，沒有費洛蒙那種，我也因此獲得了Alpha的體驗券，而體驗券什麼時候到期，取決於我家老婆。

他是沒有費洛蒙的Omega，可能怪我不是Alpha。

他比較中二，想法也很多，大學的時候不知道哪根神經搭錯了，開始噴香水。

他是個愛說髒話的中二校霸。

當他噴香水後，我第一反應是覺得不舒服。中二混混噴香水，事出反常必有妖。

我當時跟我老婆只是單純的肉體關係，問題絕對不在我身上。

我嫌棄了一下他的香水味，他就沒噴了。

沒過兩天，他竟然在酒店開了房叫我過去。我很興奮，由於彼此是單純的肉體關係，導致我不敢過於唐突，生怕吃了這一頓就沒下一頓。

我故作淡定去了酒店，他直接就抱住了我，整個臉蛋通紅，我還聞到了酒味。

原來是喝酒了。

我的理智不想乘人之危，但是我的身體很想，而且他還一直趴在我身上說我好香。

其實我噴了他最愛的香水味。

然後就一發不可收拾了，做了好幾次才收場。

後來老婆經常邀請我開房，我興奮的同時也擔憂著。怕被膩了。

但是某一天，他突然說懷了我的孩子。

＝＝＝＝＝＝

**評論：**

『前排！娃娃又帶熟悉的狗糧過來啦！』

↓這個人很有名嗎？

↓是秀恩愛的Gay，你可以翻翻他的回答。我都快愛上他那個中二老婆了！

『後面呢後面呢？帶娃先生我勸你趕緊更新後面內容！』

『有點熟悉的感覺，我再等等。』

＝＝＝＝＝

匿名帶娃：不好意思，老婆剛洗澡出來，軟乎乎的，先找他探索生殖腔去了。

生殖腔便是老婆說他懷上孩子的原因。他沒說自己是Omega，只是摸著肚子跟我說他有著異於常人的生殖腔，到底什麼是生殖腔也沒解釋清楚，就一口咬定他自己有這構造，並且那裡可以容納我的不可描述的東西，然後吸收，導致懷孕。

其實我看過ABO文。是我跟他的同人文，還挺好看的。書裡他生了一窩孩子，而我精力充沛可以七天七夜不停。

我當時不知道該如何反應，覺得他是不是在跟我開玩笑，想玩弄我的感情。

畢竟他是個中二校霸。

我配合他演戲，試探地問：「要不要我負責？」

他還眞的要我負責。

中二校霸玩弄別人感情都玩這麼大的？

但我還挺激動的，愛情是掌握在自己手裡的，於是我迅速地跟他結了婚。

但是他時常忘記自己有了小寶寶，打籃球、跑步，跟兄弟們一塊蹦蹦跳跳，什麼都來。

前兩個我能接受，第三個不行。

「不怕孩子流掉？」

我才剛說完，他立刻反應過來自己懷了小孩，馬上抱著肚子開始說疼了，要我揉揉。

揉著揉著就揉到了酒店床上。

當老婆給我遞套套的時候，我忽然反應過來了，帶著這玩意兒，要是眞懷孕了，也不是我的種吧？

但我老婆沒反應過來，還說他的生殖腔打開了，需要我不可描述的東西去安撫。

對，老婆說他發情了。

發情的老婆更主動了，屁股高高撅著，迎合著我。

雖然平時就很主動了，但今天格外的……騷。具體細節我就不說了，你們還不配知道這些。

晚安，好夢。

# 第4章　不承認錯誤

◆提問「世上真的有Alpha和Omega嗎？」

匿名帶娃：早安，評論區不要該該叫了，真的說了細節，你們以後就看不到我跟我老婆的文了。

老婆的發情期持續了三天，不對，是三晚，他白天在上學。但是根據ABO設定，發情期應該是三個整天。老婆不嚴格按照設定來，所以就顯得很刻意，一到晚上就約我去酒店，接著就說發情期來了。但我沒有表示過任何的疑慮，安安心心弄他。

「發情期」的老婆完全不注意他的肚子，怎麼舒服怎麼來。我還要裝得特別照顧他肚子的孩子。

老婆卻說：「沒關係，戳不到寶寶。」

我：「……」

總感覺老婆在耍我，但看著他後面求饒的模樣，我只好自己融會貫通，沒有的東西，怎麼可能戳得到？

其實他的肚子大不起來，我真的沒放在心上，他要是說自己懷了個三太子，我也無條件相信。

我：「……」

但老婆在某方面突然很嚴謹，居然跟我說他流產了。

我承認這一刻，我害怕了。

是因爲孩子我才能跟他在一起，現在孩子沒了，那麼，老婆是不是想跟我離婚了？

害怕到了極致，我也就鎮定了下來，把手機貼在耳邊，輕聲問：「要不要再送你一個？」

我承認自己假裝雲淡風輕的時候夾帶私心。

但他同意了！

也就在這個時候，我才知道，我老婆的性癮很大。他很喜歡跟我探索生殖腔，我沒什麼能給他的，只能讓他在床上爽爽了。

生殖腔這個設定一直持續到了現在。爲了保護我老婆的面子（畢竟性癮大也算是個病），所以這五年來我很主動，一直用行動告訴他，性癮大沒什麼大不了的。

爲了防止我老婆性癮發作了去找其他人，我還補辦了婚禮。

老婆白天結婚的時候還挺高興的，但當天晚上他就不撅屁股了，性癮也沒了。

我想他肯定是結了婚才不好意思，所以我告訴他，他這個月的發情期到了。

我老婆懵了一下，反應了過來，長腿馬上纏住了我的腰。

中二混混老婆，眞好騙。

＝＝＝＝＝＝

評論：

『哇靠？中二校霸有性癮？？？娃娃你眞不把我們當外人看，這種事你就這麼說出來了？不怕被揍？』

↓娃娃是自己癮大啊！這老婆哪買的？天天挨揍我也要買一個！

『娃娃你是眞不怕被老婆發現啊！想知道中二混混的屁股有多翹！』

↓哈哈哈哈給我上去尷尬！列入娃娃的暗黨名單！

＝＝＝＝＝＝

◆提問：世界上真的有Alpha和Omega嗎？

匿名帶娃：剛才老婆找我探索生殖腔了，才一會兒不見，回來看到一堆留言都是些什麼啊？我癮大，還不是因爲我老婆一開始的發情期？吃肉怎麼可能會嫌多，只會越吃越想吃。

還有按讚最多的那個，給你機會重新想一下留言，不然刪文處理。

我老婆不會揍我，就是愛說一些不是很髒的髒話。以前剛發展肉體關係的時候，他再怎麼熱情主動也從不在我面前罵人，說一句「去你媽的」後面「媽的」都能自動消音。

但現在吧，哎，太用力了要罵一句，太輕了也要罵一句，做多了做少了還是被罵上兩句。

他最近染了一頭紅毛，已經好幾年沒染髮了。

紅毛襯膚色，但是太招搖。我用對懷孩子不利的說法不讓他染頭髮了。但前幾天，他跟高中幾個哥兒們聚餐，又染了髮，回到家對著鏡子搔首弄姿，站在門口我就能聽到他愉快的歌聲。

見到我之後，他緊張了幾秒，小聲問我好不好看？眼底有一絲期待。

我誇了誇他的頭髮。

我老婆眞的好哄，我說什麼他都嗯嗯同意，晚上不僅隨便我處理，還勾人得要命。

一副小騷樣，還開口閉口罵人，但眼角眉梢都帶著挑逗，被吻後的嘴唇紅豔豔的，是眞的讓人越看越硬（抱歉，開黃腔了。但眞心無誤，只怪我老婆太誘人）。

昨天他來接我下班，臭著一張臉，但看到我一下子心情就好了。

你們說說，這樣的老婆能怪我容易硬嗎？

# 第5章　中二混混

◆提問：被搞大肚子是什麼體驗？

匿名使用者：他媽的我洗完澡出來校草又找我探索生殖腔了，我跟他說我這個月發過情了，他不信，非要看看我的生殖腔。

哎，我的身體太敏感了，戳哪我都瞎叫。眞煩。

我現在嚴重懷疑校草眞的只喜歡我的肉體。五年了，喜歡我肉體五年還不膩，是不是說明我很厲害？

也不是自戀，主要是我問了校草孩子的事。

他沉默了一會兒，然後摸著我的肚子說是擔心我流產後憂鬱，想盡快送一個孩子給我。

操，感動了。

我聽過這種憂鬱症很可怕，沒想到校草竟然這麼貼心！

校草心思單純，想法也簡單。這麼多年沒送成功，現在我這麼一說，他更加賣力了。

但是呢，要是眞的懷了孕，我才眞的會憂鬱啊！

所以我有時候眞是吃不消。太頻繁了，他老是對我動手動腳的。可是，哎，老子也就肉體對他還有很大的吸引力了。

＝＝＝＝＝＝

評論：

『爲什麼只有身體！樓主你也很優秀的好嗎？』

『哈哈哈哈笑死我了，但我不說！』

『樓主我不允許你自卑！明明這麼可愛!!』

## ◆提問：被搞大肚子是什麼體驗？

匿名使用者：才過一個小時就這麼多留言了？自卑？好像還眞的是。他媽的我自己一直沒找到形容我目前狀態的詞，網友就是有才。

我可能眞的自卑，騙了五年都沒跟校草承認其實我沒有生殖腔。因爲校草老是找我探索，我怕我說了沒生殖腔後，校草就性冷淡了。但校草挺笨的，我應該可以騙一輩子？

還有一點，我的初戀不是校草。

你們可能覺得這有什麼好自卑的，但關鍵在於，我是校草的初戀，爲了讓校草高興，我騙校草說他是我的初戀。我騙人了，騙人就自卑。

我的初戀不是我那個高中的。他好像是隔壁學校到我們學校來參加研討會的，我寫了情書給他，準備隔天告白，但寫完就被我爸媽發現了。爸媽不准我談戀愛，還幫我請了假，把我關在家。

操，我就這樣錯過一段戀情！

我爸媽很怕我談戀愛影響功課。確實，我除了會讀書就一無是處了，他們擔心我連讀書也垮了，爲了拆散我跟那男的還把我轉了學，那時我都高三了。

但轉學的學校竟然就是我初戀的學校，還特別巧，也是校草的學校——這跟我沒關係喔，是我爸媽選的。

我確實有著去打聽打聽初戀的心思，但是呢，我剛轉過去第一天，就遇到幾個穿著跟我一樣校服的學生被地痞流氓欺負，一時沒忍住加入了群毆，我沒什麼本事，但打架還挺厲害的。

最後這場架我們贏了，那幾個學生認了我做老大。高三那時我還沒成年，特別虛榮，就成了混混頭子了。

哦，忘了說，我還是個校霸。轉學後我是打算金盆洗手的，但實在沒辦法，校霸到哪都會有追隨者。

不久後我就把初戀忘光光，一心當老大去了。

接下來我蟬聯了三年校霸頭銜，個人覺得還是挺厲害的，這個名聲可以配得上校草了。

我感覺這個可以抵銷我另有初戀的事。雖然現在校霸聽起來很挫，但高中的時候很厲害的！

上了大學，我見到了校草。

眞他媽帥，跟高中那個男的比起來，完全不在同一個層次上。太帥了，我認眞心動了。

以前的都不是認眞心動。

每天看他，恨不得自己腦袋後面還能長一雙眼睛，看不夠啊！

但是，我很倒楣，軍訓期間被教官強制要求把頭髮染回黑色，他媽的我本來是班上最酷的，瞬間成了土包子。心情不是很好，週五喝了點酒，老子本來已經金盆洗手不打架了，結果硬是遇到一個對我動手動腳的混蛋，打了大學的第一場架，還被校草看到了。

哎，也不知道能不能說是幸運。

就那次，土包子的我跟校草滾到床上去了，還發展了長期肉體關係。

因爲肉體關係的不穩定，所以我很注重外表，軍訓結束火速又染了一頭綠毛。

眞的特帥，校草都看呆了。

但校草知道我是校霸後，都叫我中二混混。

去他媽的，有我這麼帥的混混嗎？我討厭這個叫法。怎麼說也要叫校霸啊。他是校草，我是校霸，這才是絕配？

但是呢，到了校草嘴裡，混混兩個字也感覺他在調情。

我可能是個忠犬吧。

＝＝＝＝＝＝

評論：

『哇靠笑死我了！樓主你竟然還是個校霸，一點也沒看出來啊！該不會是你自封的吧！還組團去打架嗎？中二混混眞是絕了，校草萬歲！』

『樓主你這不叫初戀啊！就是暗戀!!』

『這絕對會吃醋，竟然有人能讓校霸為他寫情書，那是長得有多帥啊！樓主你寫過情書給校草嗎？』

『樓主你看看這個連結，是不是校草？』

『哇靠，我去看了。這他媽就是校草啊！大型社死現場。』

『樓主快來看這連結，你不是忠犬！校草超愛你，還有，他很快就要知道你有初戀的事了！』

＝＝＝＝＝

匿名使用者：去他媽的，眞的是校草本人。操！他一直在騙我？完蛋了他完蛋了！老子拳頭硬了，他媽的老子被他耍著團團轉！

＝＝＝＝＝

**評論：**

『哈哈哈哈哈哈哈，不是校草笨，是中二混混太好騙！』

『哈哈哈哈這就是我們一直不說的原因啊！我算了一下，隔壁樓主一共回答了五十多個問題，其中有四十個都帶上了樓主你！樓主，你還說你是忠犬！還自卑？？？（自卑是假，秀恩愛是眞吧）』

『哇靠！樓主厲害，還記得把初戀這個事刪掉。但是！我截了圖，要去發私訊！』

↓給我一份，我也去發。初戀的事怎麼可以沒有交代？

『樓主！帶娃先生目前什麼情形啊，還活著嗎？還有，知道初戀的事了嗎？』

↓夠陰！

# 第6章　先發制人

時江正在改學生作業，坐姿端正地點著滑鼠。

目前晚上九點鐘。

牧雲星心想，時江應該還不知道自己露出馬腳了，一直忙著工作。

所以時江也不會知道初戀的事，總而言之，他占了所有優勢！

他已經看完了時江回答的「世界上真的有 Alpha 和 Omega 嗎？」這個提問，看完後臉都憋紅了。

氣的。

牧雲星從來沒想過竟然有一個人敢這麼耍他。

他就覺得奇怪，自己說男人會懷孩子、有生殖腔、有發情期，怎麼那個人這麼容易就接受了！原來全是裝的。

他以爲時江是傻子，到最後傻的卻是自己！

時江還造謠說自己有性癮!!

牧雲星全身上下最硬的就是拳頭了。

時江正在房間裡改作業，等他改完了，自己就要去暴揍一頓。

不離婚。

留下來天天揍！

但是，牧雲星在氣憤之餘還有些意外之喜——時江也喜歡他！

操，他媽的才剛知道自己自卑了這麼多年，竟然白自卑了？

牧雲星想了一想，又很不是滋味，大腳一踹，虛掩的房門立刻被踹開。時江握著滑鼠的手一頓，疑惑地看向牧雲星。

牧雲星瞬間就慫了。

就是這個男人，一直配合自己瞎說有生殖腔的設定，然後讓他每次瞎叫，放蕩得要死。自己還說有發情期，一到隨便設的發情期後就死命去纏著時江。

他看 A B O 設定裡，Omega 發情期時都沒什麼理智，他還有理智耶。

操，幸好還有理智。

他好騷啊！

他怎麼就這麼騷？

時江見牧雲星踹開門後半天不說話，走過來摟住了牧雲星的腰，吻住了他。

「唔……」

半晌才放開。

「怪我，忘記到時間要吻你了。」時江一臉愧疚。

牧雲星嘴唇紅豔水潤，癱著一張臉不說話。

操，他還跟時江說過口水可以緩解自己的暴躁。

如果他開口罵人的話，不是他的本意，是因爲他體內的費洛蒙在作祟。

死了。

眞死了。

時江應該還沒看手機吧？到現在還在配合自己。

牧雲星掙脫了時江的懷抱，隨便拉了一張凳子坐在桌旁，抬頭看著時江精緻帥氣的臉龐。時江正要過去將牧雲星抱到懷裡，牧雲星突然開口說：「你相信我之前懷過孩子嗎？」

時江表情平靜，聲音很溫柔，「怎麼又說這個了？再努力一下，送一個給你。」

時江說著又將牧雲星抱在了懷裡，並且霸占了牧雲星的位置，還摸起牧雲星的肚子。

牧雲星沒有腹肌，但也沒多餘的贅肉，熱乎乎的，摸起來挺舒服。

牧雲星毫無怨言，還在試探：「信不信啊？」

時江又捏又揉，很順從他老婆，「信吧。」

牧雲星沉思。

眞的還沒看。

自己還沒死透。

只要將時江的手機拿到手，然後慢慢刪除那些留言，最好註銷時江的帳號，那就一點事都沒有了。

到時就是他占了先機，可以把時江玩弄得團團轉。

牧雲星又抬眸瞥了瞥時江，沒忍住多嘴了一句：「爲什麼？不覺得很荒謬嗎？」

時江將下巴搭在牧雲星的肩膀上，把牧雲星抱著緊緊的，半晌才說：「因爲，我傻吧。」說完又開始對牧雲星動手動腳。

牧雲星受不了時江這樣，他對於時江的每一次親密都特別主動接受，這已經是反射動作了，反抗都反抗不起來。

但是！

他媽的這句話是什麼意思？

校霸的拳頭是靠智商換來的，他試探著再次問：「爲什麼？」

時江突然一笑，將臉蛋埋在牧雲星肩窩，緊抱著懷裡的人，渾身都在顫抖。

他在笑。

操！

「你他媽看手機了！」牧雲星反應過來破口大罵。氣死人了，馬上把時江占便宜的手猛拉出來甩掉。

時江一臉無辜，只好握住牧雲星的拳頭，看了看牧雲星的一頭紅毛，眼眸一彎，「雲星，黑色一點也不土包子，但紅色也很襯你的皮膚。」

牧雲星將髒話吞回了肚子。

被誇了。

「說什麼玩意兒？」回嘴是他最後的倔強了。

他完全受不了時江的誇獎。

# 第7章　又被唬了

時江確實是偷空看完了老婆的回答，內容不多，但訊息含量很大。

他將下巴搭在牧雲星的肩上，感嘆著：「我現在才知道原來中二混混這麼喜歡我啊！」

「不准喊我混混！」

牧雲星臉一熱，如驚弓之鳥般馬上反駁，但頸窩那裡癢得很，他難以抵擋想撩自己的時江，囂張的聲音都小了不少。

「校霸？」

牧雲星也不認這個稱號，掙扎著要逃離時江的懷抱，無奈時江抱著太緊了，壓根動彈不得。

牧雲星委屈巴巴地說：「你騙了我好多年！還一直在耍我，我他媽跟個傻子一樣。」說著說著整個人氣成了河豚。

時江一笑，哄著：「誰傻了？我們雲星最聰明呢，還知道用ＡＢＯ來騙人。這種當啊，願者上鉤，我不就被你釣到了嗎？」

剛登記結婚那段時間，時江是眞的以爲牧雲星在跟他玩什麼cosplay。騷確實騷，但第一次跟公鴨子似的瞎叫，要不是他眞心喜歡這個人，聽到可能都陽痿了。

後來大概是第三次還是第四次開房間，他捂住了牧雲星的嘴巴。要他別叫了。都這麼多次了，適應期應該過了。

但牧雲星是怎麼說的？

他說：「我沒經驗，聽說這樣叫會給對方一種虛榮感。」

眞的沒有。

但挺高興的。

時江不再阻止牧雲星，愛叫就愛叫吧，反正叫累了就不叫了，都是處男誰也別嫌棄誰。

不過ABO設定就算是cosplay，就算牧雲星是在玩他，他也沒想過要放牧雲星走了。都上床了這麼多次，早該被他永久標記了。沒多久結婚證書到了手，婚禮也舉辦了，人也被他牢牢套住了。

後來才知道牧雲星的ABO設定眞的不是玩他，是把他當傻子呢。牧雲星的思路簡單，總覺得所有人都跟他一樣。

太好唬了。時江也沒想到能一唬五年，要是沒這次的露餡，搞不好眞能唬一輩子。所以啦，這麼好唬，不唬都說不過去。

爲什麼會是自己呢？

時江後來想了想，猜測牧雲星是顏狗，只是看上了自己的臉。然而，親眼看到牧雲星的回答，也確實是如此，眞的一點驚喜感也沒有。

完全不給時江驚喜的牧雲星皺著眉，顯然有些不太能接受這次被誇。

要是眞的像時江說的那樣，自己不就是慘爆了，遇上段位特別高的情場高手。

他是嗎？

不是吧？

是吧。

思考中。

時江見牧雲星不掙扎了，又捏了捏牧雲星的耳朵。牧雲星頭一歪，被摸得舒服了，但依然不滿地看著時江。

時江安撫著牧雲星：「你想想，要是我不配合你，我們能這麼快就在一起嗎？要是你說自己發情了，我就送你去醫院；你說你有生殖腔，我就說你是哪裡來的怪物；你說自己懷孕了，我就報警。雲星，尷不尷尬？」

牧雲星覺得很尷尬。那簡直是大型社死現場，他可能一輩子都不敢去追時江了吧。

「但是，我他媽被你耍，你就一點錯都沒有嗎？」牧雲星皺眉說。

時江喜歡捏牧雲星耳垂，軟軟的，捏起來令人特別愛不釋手。

時江眼眸微動，柔聲說：「有錯。錯在太喜歡你了。要不然能這麼配合嗎？要是不喜歡你、不配合你，你現在會找我算帳嗎？雲星，你的拳頭這麼硬，想要打我哪裡？」

時江強硬地與跟牧雲星十指互扣。

牧雲星另一隻攥成拳頭形狀的手默默地鬆開了。

「我沒有要揍你……」牧雲星小聲辯解。

他媽的，時江說的還挺有道理的？

「但你說我完蛋了。」時江很認真地回應。

牧雲星皺緊眉頭，時江真的把他每一個回答都看了。

但是被時江這麼一說也是，要是時江不配合他，自己說發情期就被送到醫院去了，那多難看啊！他只是喝了酒，結果會是喝酒導致的發情。操，傻得要死。

他在床上跟時江說他有生殖腔，時江也有可能把他當成怪物。也是啊，正常男人誰有生殖腔啊，鐵定被當成怪物啊？他當時真的沒想這麼多。

懷小孩就真的是鬼話了。這年頭哪個男人能懷孕？他說懷了時江的種，要是時江真信了，可能把他抓去做研究。

牧雲星沉吟起來，腦袋飛速轉著，任由時江有一下沒一下捏自己的耳朵。耳朵越捏越軟，牧雲星的脾氣也跟著越來越軟。

可是——時江還說他特別騷，有性癮！

# 第8章　小騷怡情

牧雲星彆扭不已，聲音又粗又低：「可是，我的臉都被你丟光了！你還造謠說我有性癮！」

那麼多網友看到了他跟時江的回答，兩個回答放在一起對比，他的臉絕對丟光了。還有很多「我知道，就是不說」的留言，他媽的現在終於知道是什麼不說了！

那些網友可能一直還在笑他！他都不敢看留言了。

時江很淡定地反問：「不是嗎？你沒性癮？你發情期是什麼樣子的？」

「閉嘴！」

牧雲星再次氣成了河豚，縮在時江懷裡悶悶不樂。

時江只好再次哄著：「有性癮又不是什麼大不了的事，每次我不是也賣力配合你嗎？又沒笑你。」

確實沒笑。

但是這事關校霸本人的尊嚴。

發情期的他實在太騷了。

牧雲星為了挽救自己校霸的面子，很彆扭地問：「那你會不會覺得我太騷了？」

時江挑起眉，另一隻手捏住了牧雲星的肚子。

怎麼不騷？騷死了，屁股那麼會扭，還很會撇。

但時江給足了老婆體面，「怎麼會？小騷怡情。」

牧雲星又陷入思考了。

他覺得時江沒騙人。如果說他不騷的話絕對是在騙人，他承認自己騷，但不承認自己特別騷。

牧雲星想通後，一下子高興了，校霸面子保存下來一點點，臉蛋微微有些發熱，小聲說：「你不完蛋了，我的拳頭決定放過你。」

害羞了這是。原來中二混混還在意這個啊！

時江啞然一笑，將牧雲星的小動作盡收眼底，不緊不慢地追問：「那謝謝雲星拳頭的不揍之恩了。還有什麼要跟我算帳的嗎？」

還有什麼要算帳的？

牧雲星突然臉紅了起來，在時江懷裡扭來扭去的。

時江按住了牧雲星，牧雲星老實了。

「那個……」

「哪個？」

「你是不是喜歡我喜歡得要死啊？」牧雲星眼睛亮晶晶的，但一說完話，頭就不抬起來了。他聽見時江笑了一聲後就更不好意思，「操，我隨便說說而已。」人卻扭動得更厲害了。

時江抱緊了牧雲星，抬高心上人的下巴，熱吻了過去。

直到兩人嘴唇都麻了，半晌才放開。

「彆扭啦。回答都看了？」

時江把牧雲星的不安給吻走了。

其實也沒看完，看了一大部分而已。

本來只看一個的。誰不對自家伴侶寫的東西好奇？

特別是心上人的，要麼是說他有中二的，要麼就是秀恩愛的，還有對時江的暗戀。

在他還是校霸的時候就喜歡上了他，但是校霸的他只想混組織，兩難抉擇，要江山也要美人。

牧雲星「嗯」了一聲後腦袋低低的，便聽見時江說：「對，喜歡得要死了。」

牧雲星的耳朵和臉直接爆紅，嘴角偷偷上揚，但還是小聲吐槽：「真肉麻。」

時江低聲一笑，「對，我肉麻。還有要問的嗎？」

牧雲星亂晃著腿，扣著時江的手，老實地搖頭，「沒了。」

時江唇角微微上揚，垂眸盯著牧雲星的頭頂，幽幽開口：「那，換我問你了。雲星，還自卑嗎？」

自卑？

牧雲星一驚。

自卑這個詞是跟初戀一起出現的。所以，時江都看到了？他明明刪得那麼快！時江一直沒問，他還以爲時江沒看到。

操，肯定是那些網友！

眞他媽想順著網路線把那群人個個揍一頓！

牧雲星只好裝傻不說話。

但是牧雲星明顯感覺時江控制著力量在捏自己肚子，一會兒重一會兒輕，差一點點就會讓他叫痛那種。

時江想讓他完蛋吧！

想讓他完蛋的時江繼續問：「那我換個說法吧。校霸和校草是絕配，所以被棒打鴛鴦的初戀是怎麼回事？那個人有多帥，還寫了情書給他？」

牧雲星：「……」

果然要問這個。

牧雲星不想說，但又不知道怎麼轉移話題，所以微微昂起頭，吻住了時江。他沒什麼本事，就是騷。

# 第9章　除了騷一無是處

反正他除了騷一無是處。

自認爲很騷的牧雲星雙手摟住了時江的脖子，臀部在時江的腿上蹭來蹭去。

越蹭越有感覺。

蹭到床上去了。

牧雲星嘴唇被吻得發麻，仍然很倔強地摟緊時江的脖子，長腿還死纏對方腰上。

「不回答，是想一輩子發騷嗎？」唇齒廝磨間，時江低聲問著。

牧雲星以爲時江在威脅他，想讓他一輩子發騷。但他完全不在心上，反正要他騷一輩子就騷一輩子。

牧雲星「嗯」了一聲，一副完全無所謂的態度，倒是讓時江笑了。就這樣還小騷，大騷要傷身了。

「好啊，讓我看看你到底能有多能撐。」

時江說著便去拿套套。這次買的有好幾種味道，牧雲星也撅著屁股爬過去挑了。

「我不要草莓的。我他媽感覺我都快有草莓味費洛蒙了。」牧雲星很不滿。

時江挑挑眉，偏偏拿了一個草莓味的，「什麼都不肯說，還挑這挑那？」

牧雲星瞬間躺屍，「草莓就草莓吧，反正不是薄荷就行，涼得要死。」

時江壓了上去，「希望接下來你也能這麼能撐吧。」

牧雲星本來很硬氣，無奈時江很懂牧雲星的敏感點在哪——那裡也是牧雲星口中說的生殖腔。每次快要戳到那裡時，時江就故意在周圍擅著，就是不碰那兒。

「操！你……唔，故意的！」

牧雲星被戳弄得不停顫抖，腿都快纏不住時江的腰了，眼尾也泛著紅意，臀部在每一次重重的撞進下搖晃著。

牧雲星並不胖，清清瘦瘦的，但特別會長肉，有一個小翹臀。平時看不出來，褲子一脫，肉都彈出來，現在這情況下更彈了。

時江咬住了牧雲星的耳朵，舔了一下，「說不說？」

牧雲星耳朵也很敏感，被這麼一咬，整個人快成一灘水。

「說！我說，唔……你先弄我一下啊……」

牧雲星不裝校霸了，撒著嬌求著。

時江在這方面一向比較溫柔，但偶爾也愛惡作劇，比如這次。

時江將一灘水的牧雲星抱在了懷裡。

牧雲星的臉蛋趴在時江的肩膀，雙手沒有力氣地拉著，毫無預備，腿都在打顫，後面又爽又疼，「哎～～你進來的時候跟我說一下，太深了，啊～～」

牧雲星軟綿綿地罵著。

媽的，他真的快成水了。

「要求眞多。說不說？」時江在牧雲星耳邊低喃，身下人的臀部被拍得啪啪響。

牧雲星說話算話，被滿足了就說：「唔……其實就是高中，我……啊……」

時江猛一用力，牧雲星的敏感點再次被戳到，尾椎被刺激得顫抖起來，修長的脖頸高高昂起，眼尾泛紅濕潤，性感得要命。

時江一看更硬了，抱著牧雲星進出，弄著越來越快，草莓味的套套讓牧雲星後面流出的液體都散發著一股甜膩的氣味。

太騷了。

他不想聽牧雲星喋喋不休了，身下人負責喘息呻吟就行。

「我現在不想知道了。」時江聲音沾染了情欲，似是想要自己那玩意兒全部塞進牧雲星身體裡。

牧雲星瞪大眼睛懵了好幾秒，雙腿又顫顫地纏住了時江，委屈巴巴，一點也不校霸了，「那你，輕……輕點啊~~」

時江「嗯」了一聲敷衍著，一點也沒放輕，故意問：「是不是爸媽沒幫你轉學，你們就在一起了，你成了他的 Omega？」

時江的醋吃得明明白白，校霸的腰都快被他折斷了。

牧雲星茫然地搖頭，隨即又被時江狠狠一個撞擊，裡面漲得要死，腿也沒力氣了，「放屁！不……不想知道，還吃醋。我他媽本來……本來就不是 Omega 啊～～怎麼……怎麼是別人的啊～～」

腦袋還能思考，可見還要再操操。時江扶住了牧雲星快纏不穩的腿，「你是。」

時江一旦粗暴了起來，牧雲星完完全全招架不住。

牧雲星話都說不清了，眼見時江越來越猛衝，他破口大罵了：「操啊～～～等我下床……下床時你就完蛋了！」

時江眼眸微動，再抬高了牧雲星的腿，「那你就別下床了吧。」

接下來馬上第二次，時江沒有帶套，將滾燙的液體全部都射到了牧雲星的身體裡。

「現在成結了。」

牧雲星腿都在打顫，但嘴巴很囂張，聲音很虛弱：「去你媽的，又要洗澡。我都洗過一次了。」

「罵人？」時江試探性又戳了戳牧雲星的後面。

「去你xx。」校霸慫了，自動消音，但眉眼間都是不滿。

時江莞爾一笑，抱著不情不願不想動的牧雲星去洗澡了。

房間裡瀰漫著甜膩的草莓氣息。

# 第10章　他可真聰明

洗完澡後的牧雲星開始控訴著這也痛，那也痛，反正到處都痛，還特別騷地指著自己胸前的豆丁說腫了，要休息才能消下去，然後俐落地爬到了床上，蓋好被子，閉上眼睛。

完全不想說關於初戀的事了。

只因爲——那個初戀就是時江。

他媽的，世界怎麼這麼小。也不是世界小，是他偷偷讓自己跟時江的世界變小了。

高三的時候，他本來打算跟時江拉近關係的，但時江每次看到他都板著一張臉，明明看到其他同學還都是笑笑的。

他感覺時江看不起自己，並且掌握了證據。但他又實在很喜歡時江，他媽的，自己就是條顏狗。

後來偷偷打聽到了時江的志願，還好，他努力一下還能考上。

雖然現在牧雲星知道時江那個時候也對他有好感，並沒有看不起他。但是呢，他不想說實話了。眞的不好意思開口。

反正不知道爲什麼，突然不好意思了。暗戀時江又不是什麼大不了的事，校草最不缺的就是追求者。多他一個不多，少他一個也不少，而且說了時江還能高興一下。

但自己就是說不出口。

他媽的，牧雲星把這歸咎於狗的尊嚴。

狗都是有尊嚴的，有尊嚴的狗不會讓對方知道自己曾經也舔過他。

時江沖完澡出來後，還是戳著他的臉蛋問：「悶悶不樂？該悶悶不樂的是我吧？嗯？」

牧雲星將腦袋蒙進了被子裡，不給時江看。

時江一笑，掀開被子，在裡面抱住了牧雲星。

牧雲星只穿了一件內褲，因爲時江讓他出來自己穿衣服，但他嫌麻煩。

所以，時江一抱就是一個光溜溜的軀體。

他拍了一下牧雲星的小翹臀，「我現在嚴重懷疑你還想要。」

「放屁。我屁股都紅了！」牧雲星悶悶地說。

時江將被子掀開了點，露出頭來，「那要我幫你按摩嗎？」

牧雲星不需要，按摩一聽就是不正經的人才會幹的事。

不正經的人時江眼見不能幫牧雲星按摩，便將牧雲星的被子蓋好，起身繼續批改作業去了。學生作文，一個比一個寫得糟，連基本語句都不通順。

牧雲星腦袋飛速旋轉著，覺得時江不可能就這麼放過他，可能在想什麼厲害的招數。

他好像能猜到。

就是操他。

多操操，跟今天這樣，他搞不好就繳械投降了。

不行，絕不能這樣。

所以他必須掌握主動權，可以編一個謊言騙過時江。時江比他聰明，所以一定不能太假，不然被發現，他就眞的完了。

牧雲星盯著時江的背影盤算著。

他要先讓時江不吃這個初戀的醋。所以，可以說那是一個背影，連正面都沒有看到。帥氣的背影突然讓他心動了，跟個玩笑似的，時江大概就不會把他的初戀放在心上了。

但是喜歡的背影還是隔壁學校的學生。

牧雲星繼續沉思，皺緊眉，忽然間眼睛一亮。

他媽的，他忘記自己是高大上的混混頭子了。他可以說見到身邊跟他混的兄弟都有喜歡的人了，身爲老大還沒有很沒面子，所以他也決定找個人喜歡。

不能找本校的，因爲他太帥，怕人家眞的喜歡上他。

操！他怎麼這麼聰明！

牧雲星一張臉都想紅了，興奮自己的智商眞高。

從床頭櫃拿來自己的手機，他再看看自己寫的細節，還得前後呼應一下。

『我寫情書給他，準備隔天告白，但寫完就被我爸媽發現了。爸媽不准我談戀愛，還幫我請了假，把我關在家。』

牧雲星腦袋繼續轉著。

可以這樣說：隔壁學校有人來參加研討會，他遠遠看著那個人收了不少情書，也決定寫一封，準備當天晚上寫，第二天給，就能順便見到那人長什麼樣子了。但比較倒楣的是，情書被發現了，第二天他連學都沒上，所以也就錯過了見到那人長相的機會。

他媽的，他太聰明了！

轉學後打聽初戀，其實是他還想把情書交給那個人。

不行，這樣說的話時江一定會不高興，他竟然還想把情書給人家。

所以，可以找觀眾！

其實他準備把他的那些小弟叫過來，親眼看著他遞情書。

操，好中二啊！牧雲星自己都嫌棄起來，但他越嫌棄，說詞就越眞。

後來就能跟網路上面說的那些內容呼應了。

他這什麼腦袋瓜，怎麼這麼聰明？

時江一定會相信。

牧雲星在這一刻膨脹到了極點，在心裡順了一番話，就叫時江過來。

# 第11章　能屈能伸

時江正在批改作業，手上這份還沒改完。

「等一會兒。」

牧雲星不滿了，他的屁股都被操紅了，還等會兒？牧雲星盯著時江的背影，盯了一分鐘，而時江顯然完全沒有離開椅子的打算。

牧雲星只好自己主動提醒時江，亂踢著被子弄出點動靜，結果幅度太大，導致屁股疼了一下，眞心開始委屈了，「我不說了！」

時江握著滑鼠的手一頓，回頭看了一眼，只見牧雲星眼睛圓溜溜地盯著他看，被子已經滑到了肚子那裡，一眼就讓人看見胸前的小豆丁。

不對，應該稱之爲大豆丁了。

時江眼眸一暗，過去把牧雲星的被子拉好，「睡覺也不乖點？」

這一蓋，蓋住了時江的欲望。

但牧雲星本人毫無防備心，可能是騷慣了，剛蓋好的被子又被他一腳踹開，胸前的大豆丁又露了出來。

表情格外放蕩不羈，似乎在挑釁。

時江挑起眉，開始動手動腳了，首先就碰了一下牧雲星的大豆丁，「還想被操？」

牧雲星本人秒慫，主動蓋上了被子。

「走開。」校霸不說髒話了。

「生氣了？」時江一笑，坐在了床邊，「你說啊，我很好奇呢，只是怕問多了，你又不高興。」

其實是怕問多了引起牧雲星的叛逆心理，牧雲星這個人極其傲嬌，又慫又叛逆。

他親眼見識過牧雲星的高三時期，混混頭子，還替自己的小團體命名叫

「星龍幫」。

學校不准刺青，結果他就在自己的肩膀上貼了一個龍形貼紙，逢人就默默脫下校服展示。

時江有幸見過一次，但他見到那時已經過了很久，龍尾巴早就掉了。

學校不准學生抽菸、去網咖。牧雲星就跑去網咖寫作業，嘴裡叼根沒點著的菸，還自認爲很霸氣。

時江之所以知道得這麼清楚，是因爲叼菸的牧雲星太猖狂了，被訓導主任抓到，狠狠訓了一頓，週一升國旗時還登台唸了悔過書。

我錯了，但我很霸氣。

我錯了，我改。

又慫又叛逆，非得加上那麼一句找罵挨。

時江一回憶就忍不住想笑，但努力憋住了，因爲牧雲星本人的毛已被他順好了，要是現在笑了，那就白費了工夫。

牧雲星不知道時江在想什麼，清了清嗓子開始說：「我以前可是個校霸。」

說完看了一眼時江。時江「嗯」了一聲，眼眸動了一下，靜靜聽牧雲星說話，只是抓住了牧雲星的手又揉又捏。

牧雲星本人心裡有鬼，毫不反抗，開始瞎說了：「就……高中那時我看……我看身邊跟我混的小弟都有喜歡的人了……」

操！怎麼一開口就結巴啊！

牧雲星不想說了，但時江沒有喊停，大概這個節奏沒問題吧。

先說句髒話緩解一下心情。

「我他媽……他媽還沒有，我就……就覺得丟臉。」

操啊！說髒話怎麼也結巴？牧雲星吞了吞口水，抬眼看了一下時江。

時江沒看他，垂著眼睛不知道在想什麼，聽見牧雲星不說了，還催促：「繼續。」

牧雲星「哦」了一聲，時江沒什麼異常。

「就什麼……什麼……」

牧雲星卡詞了，什麼個半天，才說出：「對，背影很帥。」

時江笑了一聲，捏緊了牧雲星的手，聲音很輕：「什麼背影？」

牧雲星皺眉，手被捏痛了，但他不敢反抗。

什麼背影？

他怎麼知道？

牧雲星沒跟時江說過謊，還是這種大謊，被時江一問，腦袋直接空白了。

但又沒有完全忘記。

「我送情書的那個人，他的背影很帥。對，然後我就寫情書，寫完沒給出去，然後我就……我就……」

牧雲星又卡詞了，時江替牧雲星說了：「你就轉學了，還想去找那個人。但是呢，你去新學校忙著你的校霸事業，就把那人忘了。」

牧雲星點頭，一個勁地點頭，「對對，我就在網路上說了一下，你就記住了。你記憶力眞好。」牧雲星還拍著馬屁。

但馬屁對時江不管用。時江眼眸一暗，彎下身子掐住了牧雲星的下巴，低聲說：「雲星，再說謊，我眞的要生氣了。」

「……」牧雲星完全不敢再拿翹，立刻撅著嘴巴親了一口時江，眨著眼睛裝傻，「什麼？」

時江嘴唇被偷襲，微微一笑，「我要是眞的生氣，以後都不給你親了。」

「我他媽……他媽說的是……是……」

事實。

牧雲星的最後兩個字主動吞回了肚子。

操啊！

怎麼結巴成這樣！

牧雲星尷尬一笑，又撅著嘴巴想要親一口時江，「嘿，我騙你了，對不起嘛～～」

能屈能伸。

# 第12章　原來是他啊

時江微笑，對牧雲星的道歉完全不放在心上，「解釋啊。」

牧雲星扭捏著，心不甘情不願承認是自己太不好意思說了，還表示一定不會讓時江吃醋。

說完就背對著時江，這番模棱兩可的解釋，讓他完全不敢看時江了。

時江瞥著裹成一團的牧雲星，還說不會讓他吃醋？

時江只能猜到一個答案，「難不成是我？」

應該也不是吧，雲星整個高三都沒正眼看過他呢。

時江正否定著自己，牧雲星聽到後突然炸了，背對著時江大罵：「放屁！怎麼可能，做人不要太自戀了！」還想把自己蒙進被子裡，但時江拉住了被子，讓他只能對著空氣生悶氣，但耳朵漸漸紅了。

紅著滴血。

惱羞成怒了這是。

所以，還眞的是自己？

那麼雲星高三時怎麼暗戀他的？趁自己不注意偷偷來？

時江不是很確定，但牧雲星罵完就後悔了，又從被窩裡爬起來，過去問時江：「你沒生氣吧？」撐著手臂湊到時江那裡，低著腦袋，一臉懊惱。

時江垂著眼眸沒說話。

牧雲星只好又說：「哎，我的意思是不要瞎猜。反正你不必吃醋的，眞的，我用自己的尊嚴擔保。」

校霸的尊嚴，那是挺認眞的保證。

時江頓了頓，抬眸問：「高三開學的研討會？」

面對時江忽然的提問，牧雲星思考一秒，覺得這個不是重要資訊，所以點了點頭，特別乖巧。

時江明白了。

就是自己了。一中校服，開學典禮。

其實他早該猜到的，開學從一中過去的人，只有他。牧雲星在回答裡也透露了。

但牧雲星作賊心虛，還特意強調不是他。

所以時江一直沒把那個人和自己聯繫起來。原來是撒謊撒一半的中二混混。

時江的心情顯而易見地好了起來。

牧雲星本人還不知道露餡了，抬起頭緊張地問：「你還生氣嗎？」

時江整個人神清氣爽，但裝作什麼都不知道，揉了一把牧雲星的腦袋，一副很爲難的樣子，「我哪敢跟雲星生氣，校霸的拳頭這麼硬，我怕被揍。」

牧雲星很不是滋味，將腦袋抵到時江的手臂上，「我他媽一次都沒揍過你，別污衊我！」

時江一笑，捏弄著牧雲星：「好好，不污衊。你寫情書給他了對不對？」

牧雲星低下頭，小聲說：「又沒送出去！」

「但你寫了。」時江很執拗。

「……我也寫一封給你，別人有的你也有，別人沒有的你更要有！」

牧雲星霸氣的發言逗樂了時江。

牧雲星自我感覺把時江哄好了，因此時江不問他初戀的事了，但時江好像還是有點不高興，睡覺的時候都背對著他。

操！

牧雲星戳著時江，要時江面對著他睡，不依不饒的。

但時江本人毫無反應，牧雲星只好自己湊過去抱住時江的腰，校霸能屈能伸。

◆提問：被搞大肚子是什麼體驗？

匿名使用者：其他的我就不說了。校草還活著，我沒揍他還原諒了他。但現在我出了狀況，校草吃醋中有一點點生氣，就問怎麼才能徹底哄好校草？（最多一小時我就要刪了，校草睡著了不知道我在這裡。我想了想，一定是這裡人多。他媽的我不罵你們笑我了，但給的建議一定要夠好！別裝睡，你們絕對有人還沒睡的。要是不回答個像樣的，我要校草以後也別登入跟你們聊了。還有別截圖，去你媽的，不知道哪個人截圖的，操，被我知道了順著網路線把你揍上一頓！）

＝＝＝＝＝

評論：

『陰間時間！但樓主你眞囂張！一個小時就刪搞得這麼刺激，還以爲在跟我們偷情呢？樓主你那麼騷，勾引你行不行？』

『約會啊！一般小情侶是看電影、吃飯、一塊出去玩、送送花，浪漫點可以晚上去看星星。最重要的是浪漫！最近有一場電影，《第31次離家出走》，男男的，據說還是根據眞人眞事改編，鬧精受和溫柔攻。你帶校草去看看，馬上讓校草知道騷的好處了。騷是你的優勢，要好好把握啊。』

『樓主~~是我截圖的！來揍我啊！我私訊你我家地址。』

↓該用户已被浸水桶。

# 第13章　雲星的哄人法

第二天牧雲星上班摸魚被主管訓話了，順便唸了一下牧雲星的紅毛，但畢竟他是技術部唯一的交際草了，主管只是叫牧雲星低調點，別太愛搶風頭。

一波髒話很想脫口而出，但牧雲星忍住了。

損友趙鑫看到牧雲星從主管辦公室回來，湊過去問：「你手上這是張白紙啊，看啥？」

牧雲星立馬不給看，很寶貝他的白紙。

這是白紙嗎？

這是他要寫的情書，只不過現在一個字都還沒有。

「沒事別找我說話，我他媽忙著呢。」牧雲星很暴躁，因爲他誇下海口的情書寫不出來了。

情書是祕密武器，他的王炸牌，到最後出手時可以讓時江眼前一亮的那種。

趙鑫諂媚地一笑，爲牧雲星捏了捏肩膀，「有事有事，隔壁來了一個實習生，特別漂亮。你幫我要一下LINE唄？」

牧雲星不幹，甩動肩膀尖酸刻薄地說：「你是沒嘴還是沒手？」

趙鑫爲了愛情，忍住了牧雲星的刻薄攻擊，還很拉得下臉，「有嘴有手，不就是不好意思嘛？要是好意思能到現在還沒個女朋友？雲星～～你這麼帥，一定會幫我的吧？」

被誇的牧雲星心軟了一下，但還是不幹，「我他媽這麼帥又有另一半，要是人家喜歡上我，我絕對完蛋。」

時江沒課的時候會來接他下班，就跟他早退的時候會去接時江下班一樣。他對時江的人際來往瞭若指掌，時江對他的人際來往也瞭若指掌。

這他媽初戀的問題還沒解決，要是還被女孩子喜歡上了，他絕對大完蛋。

趙鑫瞎說大實話：「不會不會，你這麼拽的一張臉，又有一頭紅毛，只有小學生會喜歡，女孩子都不喜歡的。」

「去你媽的。」

牧雲星惱羞成怒，但還是幫趙鑫把LINE要來了。

然後發訊息給時江：

『老虎：晚上看電影！約會！』

『兔子：行。想好看哪一部了？』

『老虎：想好了！第31次離家出走。我去接你！』

牧雲星不想說丟臉的初戀，只好偷偷浪漫一下，想驚豔驚豔時江。

他的浪漫就只給時江一個人！

太浪漫了。

牧雲星光想就覺得浪漫。

所以，約會去！

牧雲星發完消息就等著下班。

ജ്ഞ

時江下午教的是小班課，幾乎都是熟面孔。學生對時江又愛又恨，愛是時江是眞的長得太好看了！這麼大熱天，還是一身襯衫長褲，釦子永遠扣到了最上面，太逼人的禁欲系了。

總是很溫柔，時不時的一笑勾人心魂啊！

當人傘不高，因爲有範圍有重點。

但是！恨就恨在期中考要寫作文!!

那些被當的人都掛在了期中考。太難了。

距離下課還有十分鐘，時江要班上學生自習，但班上忽然躁動了起來，竊竊私語，聲音越來越大。

「還有六分鐘，吵什麼？」

「不是啊！時老師，那是不是你男朋友？」

時江抬頭看了過去，女學生正趴在窗戶那裡，指著下面。

「好像眞是紅毛先生，還手捧花束呢。」

「我看看！我看看！」

「哎呦老師～～」

時江站在講臺那裡，視線不是很好，於是走過去看了一眼。

距離很遠，但紅毛很顯眼，還站在學校大門口，大概是保全不放人進來，手裡還眞的捧著花。

很可能是要哄自己。

他看到網友給他截的圖了，大半夜不睡覺玩手機。時江記得牧雲星昨晚抱著他睡著，呼吸聲都輕了不少。

裝的。

中二混混現在會耍心機了。

要是哄得不好，耍心機的中二混混眞的完蛋了。

時江將視線收回，這麼顯眼待在校門口等，可能是想等到學生放學。

他老婆眞的很愛放閃，結婚五年的第一束花，生怕送的時候沒人關注是嗎？

時江微微一笑，有點尷尬啊。他合上課本，要學生等下課鈴聲響了再走。

「老師，你是不是想溜！」

時江是眞的想溜，想趁著還沒下課的這幾分鐘，趕快把牧雲星拉走。怎麼說他也是個老師，認識他的人不少，總不至於在學生面前秀恩愛。

傍晚太陽還挺毒的，牧雲星本人手捧玫瑰，外套已經脫掉，只穿著T恤長褲，見著時江來了之後，還不太想立刻走。

「還沒下課吧？」牧雲星站在門口紋絲不動，保全已經露出了然的目光。

時江硬是把牧雲星拖走。

「快走吧，紅毛先生，你不要臉我還要臉。」

紅毛先生？

牧雲星臉一紅，這什麼稱呼啊！

到了車旁，牧雲星不太想把玫瑰給時江了，這裡沒有觀眾啊。到電影院再給，那裡人夠多。

時江見牧雲星將玫瑰放在後座，猜中了牧雲星的心思。

眞的是。

所以時江先發制人：「雲星，玫瑰是給我的嗎？」

是的。

但不是現在。

牧雲星還主動幫時江扣安全帶，根本不看時江的眼睛也不說話。

時江垂眸瞥著牧雲星，「不說話？所以不是給我的？」

好像聽出了點失落，「就是給你的！」牧雲星扣完安全帶就抬頭，但是他現在不想給。

可是時江的眼神又好期待！

操！

牧雲星想騷一下蒙混過關，但是他的屁股到現在還有些隱隱作痛。而且現在騷了，晚上的約會流程就被打亂了。

先吃飯，然後看電影，最後爬山。明天是週六，爬山累了的話，時江可以睡一整天，他來照顧老公。

所以流程一個都不能少！

牧雲星只好將後面的玫瑰拿過來，小心翼翼地遞給時江，交代地說：「等會兒下車的時候你也要拿著。」

「手不痠？」

「我幫你拿！」牧雲星說得很爽快。

時江心中萬般無奈，雲星還記得自己是在哄人嗎？

# 第14章　大騷要命

晚餐餐廳是牧雲星訂的，都是時江的口味，電影票則是訂到了角落位子。驗票的工作人員說：「雖然位置比較偏僻，但週五人多，情侶請注意克制。」

手捧玫瑰的牧雲星「哦哦」點著頭，時江在一旁低笑了一聲沒說話。牧雲星覺得奇怪，見時江的視線在自己的玫瑰上面，感學很高興。

原來玫瑰就能讓時江高興，他早知道就送了！

等牧雲星坐在座位上左右張望，憑藉自己2.0的視力，看到那邊角落有一對情侶正抱著互啃，才明白了工作人員在說什麼。

校霸的拳頭硬了，不承認自己有什麼齷齪心思，著急轉頭要跟時江澄清，

「他媽那男的想污衊我！我明明是沒位子了才選到這裡的！要是有位我早坐到前面去了！」

校霸的聲音很大，他旁邊也是一對情侶。

牧雲星的手臂被碰了下，旁邊是一個小美女，看起來年齡不大。

小美女湊過來隔著玫瑰低聲說：「別解釋了，大家心裡都清楚，我家那位就愛在電影院對我動手動腳的，但我們有道德分寸，不親。你們要是親的話，記得注意聲音。我不放在心上，不代表前面的人不放在心上呀！」

牧雲星：「……」

時江忍不住又笑了好幾聲，低低的，很酥。

牧雲星被時江笑得臉都紅了。

他媽的，個個都覺得他有齷齪心思！

小美女抬眸看了過去，電影院很暗，但依稀能看清，目測兩人都是帥哥，所以他們是一對？

小美女驚訝了，有些激動，「祝福你們！想親多大聲都沒關係！我可以跟你們合照嗎？」

牧雲星不罵女生，只好憋屈地跟女生合照，但合照的時候小美女的男友也過來了，說要一起。

牧雲星不懟女生，但懟男的。

「去你媽的，走開。」

小美女男友：「……」

前鏡頭燈光一開，小美女立刻驚嘆：「長得帥的果然都搞 Gay 去了！帥哥你這頭紅毛配玫瑰，太講究了啊。玫瑰是旁邊的帥哥送你的嗎？」

玫瑰花擋住了時江和牧雲星的大半個身子，但臉能露出來就行。

牧雲星被誇得飄飄然，對著時江小聲問：「帥不帥？」

「帥。」時江揉了一把牧雲星的腦袋，跟小美女解釋：「他送我的。我嫌累，他幫我拿著呢。」

牧雲星害羞地踢了一下時江的鞋子。

小美女羨慕地說：「哇！我可以發 IG 嗎？」

時江「嗯」了一聲，牧雲星補一句：「P圖的時候幫我們也P一下。」牧雲星很懂。

小美女一笑，「嗯嗯嗯」點著頭。

ꕥ

大銀幕還在播放著廣告，牧雲星這次小聲地問時江：「我真的沒有齷齪心思，你相信我嗎？」

他眨巴著眼睛，一臉擔憂，生怕時江不信。

時江一笑，將牧雲星的手放在了自己的腿上，又捏又揉著。

「信。」

畢竟有齷齪心思的人是他。

電影票只要是牧雲星訂的，一定是中間位置，最佳觀影區域。他訂的話，才都是後排。

像今天這次，週五通常人多，不提前訂的話，好位置都被搶光了。

這角落能有位子，他猜是有情侶退了票。

牧雲星鬆了一大口氣，還特別大方把另一隻手送給時江揉捏。

電影看了一半，小鬧精不是小鬧精，個性比較可愛。小美女經常能聽到旁邊牧雲星的一聲「哇靠」，還有壓低聲音的吐槽。

「這他媽哪裡叫小鬧精？」

「去他媽的，我的騷在可愛面前一文不值。」

小美女：「……」

她好像聽到了什麼奇怪的東西。

然後又聽到了很低沉悅耳的聲音。

「怎麼會？你是小騷能怡情，大騷能要命。」

小美女很難相信這樣的話是從那個特別禁欲、一看就是攻的男人口中說出來的。

這也太羞恥了吧。

重點是這一句話下來，旁邊的帥哥就老實了？？？

Gay 的世界她不懂啊。

# 第15章　自動消音

看完電影，接下來就是最浪漫的爬山行程。

牧雲星出了電影院門口便將玫瑰給了時江，時江接過手，「累了？」

花束挺大的，確實有點重量。

牧雲星搖頭，左右看看。影院門口人潮還挺多的，時江瞥了一眼跟做賊似的牧雲星，微微低下了頭。

牧雲星小賊特別輕聲地在時江耳朵說：「你總要拿一段路，不然別人都覺得是你送給我的了。」

看電影的時候是因爲女孩子問了才知道正解，不問可能就以爲是時江送的了，這明明就是他的心意啊！

牧雲星不高興。

第一次送花，這麼浪漫的心意，還被時江搶去了。

時江莞爾。

好吧。

中二混混可能不是在哄他，是想秀恩愛。

散場出來後，天已經黑了，時江牽住了牧雲星的手。

牧雲星雖然很放蕩，但有時往往會因爲一些小事矜持得很。也不能說矜持，他認爲校霸被牽手實在是丟臉，所以一般在外面不讓時江牽手，要由他來牽，但回了家，時江想怎麼樣牽都行。

所以牧雲星反握住時江的手。

中二混混上了車後，就賊兮兮地問時江：「我浪漫嗎？」

時江挑眉反問：「你覺得呢？」

牧雲星咧著嘴一笑，握著方向盤，「不浪漫不要緊，我還有更浪漫的要給你。」

時江好笑地問：「中二混混還能有更浪漫的？」

中二混混這次沒反駁，油門一踩，挑眉說：「爬山看星星。」

時江臉上的笑容瞬間僵住。

「爬山？」時江斟酌著問。

「對！就大學我們去過的臺山，大概兩個小時就能到。到了那差不多九點，咱們爬上去要四個小時左右。大概是凌晨一點了，凌晨的星星最亮，氣溫又涼快。」

時江揉了揉眉心，「……回家吧。」

牧雲星不解，「幹嘛回家？操，我應該再帶個帳篷的，到時候我們還可以看日出！」說著說著還有些懊惱。

「他媽的，山上蚊子多。等會我下車買瓶防蚊液。到時候你累了就靠在我肩膀，日出了我再叫你。」

時江：「……」

考慮得貞多，但怎麼不考慮考慮現實？

不是不能夜爬，但是起碼裝備要齊全，手電筒、防寒衣、登山鞋、水壺之類的，他們一個也沒帶。

山上什麼蟲子都有，還有蛇。雲星又穿著短袖，眞的去爬了山，手臂可能就廢了。

還想帶帳篷，爬山是那麼容易的嗎？

時江微笑，「回去吧，家裡也能看星星。」

牧雲星不想，「家裡能看什麼星星？陽臺嗎？絕對沒有山上的好看。」

「眞的。回去跟你說。你要是再不聽話，我就眞的生氣了。」

又威脅人！

牧雲星不情不願，但他爬山看星星的目的就是爲了讓時江高興，若是時江生氣了，那不是白爬了嗎？

牧雲星只好將車開回家，還碎唸著時江一點也不懂浪漫。

到了家後，時江將玫瑰放在陽臺，牧雲星也跟了過去，靠在欄杆上張望。

夏天的夜空格外明亮，繁星點點，明月高高懸掛著，一抬頭，便被月光鑲嵌住了。

但除了月亮大點，那些星星都小小的。

牧雲星不滿地偏頭指著星星，看向時江，「這哪裡有山上好看？」

時江將陽臺小桌上的玫瑰弄整齊。在電影院時，它一直被牧雲星蹂躪，都掉了好多花瓣了。牧雲星還偷偷把落花藏了起來，塞進褲子裡，等出了電影院才扔進垃圾桶。他的心思沒在電影上面，卻把牧雲星觀察得一清二楚。

時江聞言沒忍住一笑，「怎麼沒有？家裡的有雲還有星。」

「大晚上的哪有雲……」

有雲又有星？

雲星？

操啊，是在說他！

牧雲星嘴巴比腦子快，反應過來就閉了麥，臉還有些熱。

「他媽的，我肯定比那些玩意兒好看。」牧雲星低著腦袋，又踢了一腳時江的鞋。

這次是拖鞋了。

大腳趾還碰到了時江的腳背。

「嗯，你好看。」時江走過去抱住了害羞的校霸，笑著調侃：「這麼暴躁，該不會是發情期又來了？」

意境氛圍已經渲染到位，夏夜微風習習，滿片星空背景，但校霸不解風情，「去你媽的。」一句髒話張嘴就出。

「嗯？」

「嗶——」牧雲星拉長了音，全部被他消音了。

時江一笑，捏著校霸的臉蛋。

校霸的臉蛋不讓人碰，但勉強給時江捏，這是校霸給時江的殊榮。

「不抬頭讓我看看星星？」

牧雲星不抬頭，扭捏地說：「我又不是只有臉，你可以看看我其他地方。」

時江沉默一秒問：「屁股？」

牧雲星：「……」

# 第16章　每輩子都行

陽臺看完雲星後，牧雲星就追問時江他浪不浪漫。

雖然這個浪漫跟牧雲星一點關係都沒有，但時江還是誇了牧雲星。

牧雲星必須多誇獎，有誇獎就有幹勁。他受到了誇獎，以後慢慢就會學會哄人的。雖然現在很形式主義，認爲物質的浪漫就能哄好人。

時江也不打算提醒牧雲星。瞞著他，就該讓雲星慢慢探索哄人的道路。浪漫行不通了，也許又會開通其他的路。

什麼都不知道的牧雲星連洗澡都在哼著歌，但大腦仍然在飛速轉著。

雖然時江說自己浪漫也不生氣了，但身體不一定，還得看晚上睡覺的時候，他抱不抱自己才能確認。

洗完澡出來的時候，時江反常地靠在床上，手裡還拿著雲星的手機。

「偷看我手機？」牧雲星不能忍這個，但見時江微微掀起眼皮，不太好惹的樣子，立刻拐了一個彎，馬上討好地說：「跟我說一聲，我雙手捧給你看。」

時江微笑挑眉，「過來一下。」

牧雲星嬉皮笑臉跑過去鑽進了時江旁邊，腦袋擠到時江胸口那裡。

「哎，一起看我的手機，還怪不好意思的。」

手機是LINE畫面。

牧雲星看了過去，有好幾條資訊。

——我通過了你的朋友驗證請求，現在我們可以開始聊天了。

『甜甜：加完我就不說話了。現在男孩子都這麼靦腆，要女孩子主動的嗎？』

『甜甜：明天我請你吃飯。下班後可以嗎？』

『甜甜：俏皮.jpg』

牧雲星：「……」

他有一種不好的預感。牧雲星抬頭看看時江的表情，還是一臉很和善。

倒楣啊，他才剛浪漫了一把被誇獎，現在這幾條訊息就要把他打回原形了。

「我可以解釋。」牧雲星吞了吞口水。

「解釋啊。」時江聲音也很和善。

牧雲星老老實實地說：「是趙鑫。他想加人家女生的LINE又不好意思要，我就幫了他。」牧雲星說著還點開趙鑫的聊天框。最新一條聊天紀錄就是牧雲星的留言。

解釋得很像樣，但時江並不滿意。

「這是你第一次主動加女孩子。」時江說。

牧雲星感覺山雨欲來，立刻湊過去親了一口時江的臉蛋，「我是被逼的。」

時江戳穿他：「校霸還能被逼？」

牧雲星又親了一口時江的臉蛋，繼續解釋：「趙鑫他裝可憐。」

時江一笑，將牧雲星壓在身下，「你的心腸這麼軟？」

被壓著的校霸不承認自己心腸軟，撅著嘴巴還想親一口時江再解釋，結果被人堵住了嘴。

「心這麼軟，能給我操操嗎？」

屁股還有些疼，牧雲星委婉拒絕，「太縱欲不好。」

牧雲星的嘴唇還被時江咬了一口，更鮮豔了。一副小騷樣。

時江把手伸進牧雲星的衣服裡，「你的發情期該來了。」

「來……」話還沒說完，牧雲星又被時江兇狠地吻住了，口腔被徹底掃蕩著，快要不能呼吸。

牧雲星的睡衣被推到了上面，胸前的兩顆小豆丁被時江吮吸成大豆丁。

「來……來個屁……唔，我都不是Omega了。」牧雲星胸膛被刺激著高高挺起，但堅定反駁自己是Omega這件事。

「你是。」時江仍然很霸道，咬完豆丁後又親吻牧雲星平坦的小肚腩，手指則摸到了牧雲星的後面。

牧雲星後面輕而易舉吞進了兩根手指，讓時江手指在裡面攪動著。昨晚才做過，後面還軟著。

「都出水了，還不是發情期？」時江的手指慢條斯理地撫弄著。操啊！

他屁股怎麼還能爽啊！牧雲星呆住了，後面一點也不疼。他眞的好騷啊！是大騷能傷身那種。

「那我現在發情了，你能別追究這件事了嗎？」牧雲星很痛快地承認是自己發情了，還能主動配合。

時江好笑：「這麼沒原則？」

沒原則又不會怎麼樣，牧雲星不在乎。時江的手指帶出了點牧雲星後穴的黏液，拿給牧雲星看，「就算沒有發情期，你的身體也是特殊的。不然誰屁股後出水？」

牧雲星皺眉。

時江手上有著黏液。

但是，他屁股不是一直這樣嗎？

「別人屁股不出水的嗎？」

時江在唬老婆這方面已經是老手，笑也不笑的，認真地「嗯」了一聲，「不出。小騷貨，說，是不是你在發騷？」

牧雲星不信，還破口大罵：「操！我不信，讓我看看你的。」牧雲星撐著床想要起身，但身體太軟了，起不來。一副小騷樣讓時江更硬了。

牧雲星見時江弄了套套，暫時不追究，翻了一個身，出於本能屁股高高撅著，但屁股卻被一按，牧雲星已經騷慣了，一按就軟了下去。

牧雲星被時江又翻了一個身，正面對著他，牧雲星有點懵，他的腿忽然被折起，後穴被時江的玩意兒試探著。

後面被頂著，緩緩吞吐接納著外來滾燙的異物，褶皺被撐開，完全進去的時候，牧雲星整個人徹底軟了下去。

時江將牧雲星抱在懷裡，抓著牧雲星的手摸到了交合之處，「想抱你了。

還有，後面都是水。」

時江提了一下，但牧雲星滿嘴髒話，堅定認為時江跟他一樣，「唔～～你肯定也是啊～～」

牧雲星一隻手撐在時江的手臂，另一隻手被濺到了點不明液體。

他媽的，他從來沒思考過這件事。

他這是什麼身體？？

「我說過了，你有性癮。」

時江的聲音也低沉了不少，他抱著牧雲星，弄著越來越快。

「滾……滾蛋～～」

牧雲星堅決不聽時江的鬼話。

一次過後，套套被打了一個結扔進了垃圾桶。

牧雲星已經開始懷疑人生，並且覬覦起時江的屁股。

他趴在時江身上，在時江身上亂摸，「讓我看看你的！」

時江抓住了牧雲星不老實的手，垂眸看向牧雲星，「承認有性癮又不是什麼大不了的事，以後我會一直幫你的。」

牧雲星皺眉，「這不一樣！」

「有什麼不一想，就當發情期來了，我陪你。」

陪他？牧雲星撐著時江的胸膛問：「能陪一輩子嗎？」

「能。下輩子都行。」

「那下下輩子嗎？」

「下下下輩子都行。」

「那下下下下輩子行嗎？」

牧雲星口齒清晰，一臉認眞。

時江捏住了牧雲星的臉蛋，「每輩子都行。這樣可以了吧？」

被捏住臉蛋的校霸一點也不校霸了，眼睛亮晶晶的，還表現出勉爲其難的樣子，「可以吧。」

時江沒忍住一笑。

牧雲星格外敏感，湊過去凶巴巴地問：「笑什麼？」

「笑你可愛。」

牧雲星臉一紅，受不了被誇獎，他抱著時江的手臂問：「那我浪漫嗎？」

「浪漫吧。」時江帶了點疑問，既贊同了牧雲星的浪漫，又沒完全贊同牧雲星的浪漫。

但牧雲星沒聽出來，一下子高興了，抓了抓頭表示不好意思，又湊到時江面前小聲說：「我的浪漫只給你了。」眼睛亮如星斗，說完就鑽進了被窩，不好意思了。

雲星已經把所有的浪漫都給了時江，就是想告訴時江，他是最特殊的那一個。

時江一愣，反應過來牧雲星的思路後，沒忍住在心裡低罵了一聲。

中二混混不混了。

# 第17章　不給抱了

時江被他哄好了，昨晚抱著他睡覺了，但是早上醒來，他沒有被時江抱著。

大概只哄好了一半。

他再把情書給時江，就能完全哄好了吧。

牧雲星幹勁滿滿，一整天哪裡也沒去，樓下高中生叫牧雲星出去打籃球，他都堅定拒絕了，並且一個人霸占了書房，不讓時江進去。

時江騷擾了幾次牧雲星，但每次牧雲星見時江走過來就整個人往前一趴，紋風不動，還一直叫時江快走開。

但火眼金睛的時江已經看到了被牧雲星壓住的紙張角角，原來中二混混要寫情書給他了。

時江心裡的惡趣味來了，故意走過去對著牧雲星動手動腳，又是揉牧雲星的腦袋，又是捏牧雲星的臉蛋，而牧雲星不敢反抗，只能屈辱地接受。

時江心情很好，暫時放過了任由他玩弄的牧雲星。

「去吃飯了。」

「哦。你先出去。」牧雲星爲了這個驚喜費盡苦心，所以時江很配合，先出去了，還貼心地帶上了門。

他們家一三五是牧雲星煮飯，二四六是時江煮飯，周日隨意。

周日時中二混混很少煮飯，因爲他是校霸，校霸在學校沒壓榨過人，所以就在家壓榨時江。

但今天，牧雲星扒著飯，咀嚼完後認眞說：「明天我做大餐給你吃。」

時江好笑地想，這麼拚啊？

「好啊，期待牧大廚的手藝。」

牧大廚得意了，下午繼續閉關。

然而牧雲星閉關期間已經有兩個小時沒有受時江的騷擾，渾身上下哪裡都不習慣。他將情書放進抽屜裡，出去找時江。

結果在陽臺那裡找到了時江。他不知道在哪裡搞來了一堆花瓶，整整齊齊擺放在陽臺一角，每一瓶都插著三朵玫瑰。

牧雲星數了數，一共有十二個花瓶，共三十六朵，一朵沒少。

時江在保養他送的花啊。

牧雲星表情管理不太自然，心裡卻激動得差點一腳踢翻一個花瓶，幸好忍住了。

他過去蹲在時江的旁邊，看著時江爲玫瑰花瓣灑著水，一次只灑一點點。

時江見牧雲星過來了，將一朵玫瑰灑水後，笑著問：「不在書房繼續你的大事業了？」

牧雲星還處在激動當中，沒有罵他的老公，故作淡定地說：「你要是喜歡，我以後可以天天送你。」

時江笑了一聲，心情很好，喊了一聲牧雲星。

牧雲星應了一聲，看向時江。

時江認眞說：「雲星，等這些都枯萎了，只要再送我一朵玫瑰，讓我養著就好。」

牧雲星皺眉，看向這些花瓶，「那其他十一個瓶子不就浪費了嗎？」

時江一笑，「對啊，誰叫雲星非得買三十六朵呢，少了一朵都不浪漫了。」

牧雲星突然臉一紅，他怎麼這麼浪漫，操！被時江一說出來，自己都不好意思了！牧雲星以百米衝刺的速度跑離案發現場。

時江低笑了一聲，繼續替牧雲星送的玫瑰灑水。玫瑰太多，只能一視同仁，但如果只有一朵，便可以將所有的偏愛都給他了。

第三天吃完晚飯，牧雲星還在創作情書。時江收拾著飯碗，思考著牧雲星到底在寫什麼曠世大作，能寫三天？

三天了，除了工作，就悶在家裡。

時江十分無奈，洗完碗叫牧雲星去遛狗。

牧雲星皺眉，在家四處看了看，「家裡養狗了？」

時江搖搖頭，牽住了牧雲星的手，「不是養了這一隻？」

「……」

忍住！

但是狗也有尊嚴！

牧雲星悶悶不樂地要時江拉著，他是狗，所以得被拉著。

牧雲星很痛快地承認自己是一條狗，反正顏狗也是狗。時江覺得好笑，有時候牧雲星的臉皮眞是無人能及。

但星星狗被拉了一會就想跟時江賽跑。

社區外比較安靜，一眼望到底，一個人也沒人，偶爾有幾輛路過的車。

時江無奈，「要跑自己跑，我幫你計時。」

牧雲星已經把情書寫完了，打從心底覺得這封情書可以讓時江感動到哭，所以現在他提點要求也不是很過分。

他不想被計時了，想跟時江賽跑。

牧雲星嚴肅著一張臉，微微抬頭看時江，然後說……

「計時吧。」悶悶的聲音。等時江按下計時後，便百米衝刺像枝離弦的箭般跑了出去。

時江慢悠悠走著，身旁已沒了牧雲星，低笑一聲，遛狗果然得栓繩啊！

時江大概快走到一個拐角，滿頭大汗的牧雲星跑了回來，彎著腰喘著氣問：「多少？」

時江按下暫停，看了看，「四分十五秒，跑到靜心湖了？」

牧雲星伸出一個大拇指，表示是的。

跑完步牧雲星累成喘氣大狗，兩人打算回去了。但是時江剛要邁步，突然被牧雲星死死抱住。

時江穩穩接住了牧雲星，牧雲星昂著腦袋，眼睛亮晶晶的，比天上的星星還要發亮了。

「香，趕緊回家洗澡。」

牧雲星有一個壞習慣，喜歡在運動後渾身都是汗水的情況下抱住時江，一開始他的本意是想臭臭時江，最好能讓時江跟著他一起臭的。

但時江不按常理出牌，反而常抱住他說他香。

牧雲星不以爲然了，從此之後每次運動完都要抱一下時江，讓時江也香香的。

此刻牧雲星傻笑一陣，還不想放開。

「時江，我想親你。」

時江靠在牆邊，摟著牧雲星的腰，輕笑了一聲，「校霸想親，還需要我同意？現在的校霸都這麼慫了？」尾音拖得長長的，調侃意味十足。

「去你媽的。」牧雲星一句髒話直接堵住了時江的嘴，啃了半天才放開。

牧雲星的吻技不好，但只要他主動，時江的嘴唇肯定會破。這次是嘴角那裡破了點皮。

時江還舔了舔嘴唇，看得牧雲星眼睛發直。

他像個採花大盜似的，按住時江的手，替時江吻去唇角的點點血跡。

牧雲星歪頭一看，不遠處路過了兩個男的，站著看他們。

「靠，他們是不是在接吻？」

牧雲星正要說話，旁邊男的啐了一口，「死Gay，真晦氣。」

「呸呸呸。」另一個人說。

兩人說完正要走，牧雲星炸了，「操！」一句髒話脫口而出，拳頭也硬了，剛跨出腳步，就被時江抓住了手臂。

牧雲星正要掙脫，整個人從後面被時江抱住，「雲星，乖，別打架。」

牧雲星的火氣一下就消了些，但仍然很兇狠，一頭紅毛豎起。

那兩個人欺軟怕硬，被牧雲星的流氓模樣嚇住了，結結巴巴說了一句狠話，立刻跑掉了。

牧雲星見人跑了，也不掙脫時江的懷抱，只是很不滿地說：「他媽的，他們罵我們是死Gay，還瞧不起死Gay！」

牧雲星整個人都炸毛了，渾身都長滿了刺。

時江替牧雲星拔刺，「你不是天天跟網友跟兄弟對嗆嗎？怎麼今天就炸了？嗯？」

牧雲星很生氣，聲音也大了不少，「那怎麼一樣？他們又沒說你！那兩個混帳說你了！你竟然還勸架！」

牧雲星仔細一想就覺得特別委屈，掙脫了時江的懷抱，跟個沒人愛的小白菜似的，背影都透露著淒涼。

時江一笑，「我又不是什麼珍貴物種，就這麼罵不得嗎？」

牧雲星悶氣地走在前面，聲音超級大，「對啊！」

理直氣壯的呢。

嘴裡還嘟囔著時江被別人罵死Gay的事，一想拳頭握更硬，還是想跑過去把那兩個人找到揍一頓。

時江莞爾，被中二混混的拳頭撩到了。他走到了牧雲星的面前，堵住去路。

「幹嘛？」牧雲星偏頭不想看時江，還在氣頭上。

「又想抱你了。」

「不給抱！」

結果很硬氣的牧雲星還是被時江抱住了，清風慢吞吞地吹來，夏夜始終溫柔。

# 第18章　一輩子過分

牧雲星回到家決定不把情書給時江了，他覺得今晚的時江不能拿。準備洗澡脫衣服的時候，牧雲星聞了一下自己的T恤，有股酸餿味。牧雲星嘴角一歪，跑出去抱住時江不放手。懲罰時江，臭死時江！

但時江享受得很，果眞抱著牧雲星不放手了，抱到牧雲星都懷疑這樣算不算懲罰時江？

正打算不讓人抱了，牧雲星要從時江身上爬起來，又瞥到時江稍稍捂了一下鼻子。

牧雲星露出福爾摩斯眼神，抓到了吧！

還想裝淡定？臭死他！

ꕤ

洗完澡的兩人一起窩在沙發上看電視，一直到電視劇播完，牧雲星都忍住沒說情書的事。在時江將電視關掉、叫牧雲星回房休息的時候，牧雲星突然用腳勾住了時江的腿。

時江挑眉，「騷了？」

「放屁！」牧雲星張嘴就否認，傲嬌地揚了揚下巴，讓時江坐過來點。

時江直接將牧雲星抱在懷裡，「行，沒騷。那什麼事？」

牧雲星眼睛亮亮的，沒忍住嘿嘿一笑。

時江覺得好笑。

大概是要給他情書了。

果然。

牧雲星摟住時江的脖子，嗓音都是忍不住的笑意，「我寫了封情書給你。」

上位體驗

然後抬著腦袋，眼底都是炫耀。

時江覺得他現在應該裝作驚訝，但是他實在驚訝不起來，因爲他眞的不是個傻子，目睹牧雲星每天埋頭苦幹的樣子，他想不知道都難。

時江笑著試探：「那……現在要給我？」

牧雲星搖搖頭，很嚴肅地說：「現在不行。你當著我面前看，我可能受不了你對我的誇獎。」

時江：「……」

哦，他老婆還挺有自信的。

牧雲星接著又說：「你明天課多，帶到學校去看，絕對一整天都幹勁十足。」

時江輕笑地說：「你這封情書，威力這麼大？」

「那當然。」牧雲星此刻膨脹到了極點，讓時江也忍不住期待了起來。

「既然威力這麼大的話，我也答應你幾個要求。無條件的。」

牧雲星眼睛一亮，還有這種好事？

「幾個？」

牧雲星很嚴謹的。

「看你說的程度吧？太過分的就三個，不太過分的就十個。」

十個！

這也太多了吧？

時江抱著窩在自己懷裡陷入沉思的牧雲星，看來是不打算離開他的懷抱了。

時江便抱著牧雲星往房間走去。

牧雲星腳還亂晃著，想了半天，忽然小聲問：「你的帳號可以讓我登入嗎？」

有點期待。

時江挑挑眉，抱著牧雲星到了床上。

「可以。」

牧雲星更期待了，「那這個算過分的還是不過分的？」

「不過分的。」時江過去將燈關了。

哇靠！

這個竟然不過分！

他是要用時江的帳號搗亂的！

牧雲星自覺占了便宜，又提出更過分的要求：「我可以在你上課的時候，發訊息給你嗎？」

時江過去將牧雲星摟到自己懷裡，「可以。」

抱……抱他了！

牧雲星更高興了，「那算過分還是不過分？」

「不過分。」

黑暗裡，牧雲星的眼睛跟寶石般發光。

時江的聲音很溫柔，顯然是不知道事情的險惡。牧雲星肯定自己會留下特別騷氣的話啊！

但占了便宜的牧雲星並沒有提醒時江的打算，還在思考更過分的要求。

時江卻忽然開口：「如果是這樣的要求的話，期限可以延長到一輩子，現在呢，想不到就先睡覺吧。」

一輩子！

「我一輩子都可以這樣？」

一輩子都能這樣過分？

時江「嗯」了一聲。

牧雲星更清醒了。

大概過了十分鐘，牧雲星又問：「我不想有性癮，可以有發情期嗎？」

時江已經有睏意了，聞言嘴角微微上揚，聲音沙啞：「就騷？」

牧雲星認真地說：「我本來就很騷的，我要是不騷，能被你說成有性成癮嗎？但是你也有。」

時江啞言一笑，又抱了抱牧雲星，「好，我也有。睡覺吧。」

但牧雲星睡不著了，他覺得自己都快升天了！

第二天時江比他先起床，所以他不知道自己到底是被時江抱了一晚上，還是時江在夜裡就沒抱他了。

但是！

這次他有王炸牌了！

# 第19章　情書

『親愛的時江，當你看到這封情書的時候，我還好好的活著。因爲活著才能喜歡你。死了也行，死了都要愛。』

這什麼玩意兒？

每多看一個字，時江眉頭皺得更緊。

『希望下輩子你能投胎成一條狗，而我還是人。我會天天舔你一口，當你的舔狗。這輩子我是個不太稱職的舔狗，下輩子想當個名正言順的舔狗。』

「哇靠，時老師在看什麼，怎麼臉色這麼不好？」

「不知道，是不是誰的作文？」

「不會啊！他看張原寫的作文都可以笑出來，頂多無奈一下而已啊。」

下面學生竊竊私語著，討論著時江老師爲什麼臉色這麼不好的原因，最後猜測是不是紅毛先生昨天晚上把時老師榨乾了？紅毛先生一看就精力很旺盛。

時江沒注意同學們的聊天，所有心思都在自己變成了狗的情書上面。

『當然，我還是不太希望你下輩子成爲一條單純的狗。因爲那樣的話，我就會舔到一嘴的狗毛。所以最好還是狗妖，原形是狗，可以化形爲人。這樣，我還是一個名正言順的舔狗。

『最後一點，我想感性一下，不許笑我，只能誇我。』

這麼快就最後一點了？

時江著實被這封情書驚嚇到了。他懷疑以前高中時要是眞的收到，可能……還是會跟牧雲星在一起吧。

時江唇角微微上揚，繼續看下去。

『你在網路上的每個回答我都看了。我今天又偷偷回味了一遍。回味一遍後，我就覺得我不該找你算帳的。

因爲單從你的回答來看，不考慮其他。你比我更像一個舔狗。我頂多裝

Omega想多跟你親熱親熱。

但是你有那麼多次可以揭穿我的機會不揭穿，還配合我圓謊。那些謊從你的角度來看，我都覺得自己把你的智商按在地上摩擦了。所以，我認爲你比我苦多了。

我只有裝一層，只要裝Omega。但是你要裝兩層，知道我在裝Omega，還要裝作不知道我在裝Omega。

辛苦。

太辛苦了。

時江，我以後不會讓你這麼辛苦了。以後，我什麼事都不會瞞你了。

所以，下輩子還是我來當狗妖吧，你來舔我。

——最愛你的牧雲星』

時江：「……」

這就是牧雲星花了整整三天寫出來的大作，真的是大作啊。

他不該對牧雲星抱有太大的期望。

但對於牧雲星本人來說，應該覺得自己寫得挺好的？

投胎成狗，舔狗，狗妖。

時江想著想著，沒忍住一笑，將信折疊好重新放進信封裡。起碼這封信真摯地表達了牧雲星對他的愛。

沒必要用智慧和文采綁架中二混混。

中二混混還不知道自己的情書被時江否認又肯定了。晚上特意早退來接時江下班，就是爲了聽時江的誇獎。

時江毫不吝嗇自己的誇獎：「文筆好，修辭好，語言通順，感人肺腑。我一直在想你要是成了狗妖，我該怎麼舔你？」時江一臉認真，故作苦惱。

牧雲星耳朵一紅，雖然他知道自己可能會被誇，但真的被誇了，還是怪不好意思的。

都老夫老夫了，還搞這一套。

牧雲星坐在車上，眼皮微微抬起，飛快地瞥了一眼時江，又低下頭彆扭地問：「真的嗎？」

時江差點就要笑出來了，「真的。」

牧雲星一張臉都憋紅了，這次是真的興奮了。他踢了一腳車輪，緩解激動，故作淡定地「哦」了一聲，雲淡風輕：「那情書你打算怎麼辦？」

時江歪著頭眼也不眨地看著他的混混老婆，「中二混混寫給我的第一封情書，當然要好好收藏起來——藏一輩子那種。」

「矯情。」中二混混點評，但嘴角偷偷抽搐了一下，捏了一把大腿，使了很大的勁才憋住笑意。

時江「嗯」了一聲，很爽快地承認了自己的矯情。但他不是矯情，這封情書不止表達了中二混混對他粗暴的愛意，還能讓他保持好心情。從某種角度來說，這封情書眞是挺可愛的。

「回家？」

牧雲星「嗯」了一聲，嘴角又抽搐了一下，手放在方向盤上面就顫抖。

最後是時江開了車，牧雲星直接一路樂到家。

牧雲星晚上洗完澡便立刻向時江討手機。他懶得用自己手機登入時江的帳號了，想直接看他的手機。

時江很爽快給了。他的帳號裡眞的沒祕密，誰還跟中二混混一樣匿名，所以牧雲星躺床上把時江的帳號滑了半天，也沒發現什麼不能見人的回答。

牧雲星越滑脾氣越差，他懷疑時江偷偷刪文了！

等時江過來的時候，牧雲星正趴在床上，腳丫子還在亂晃，穿著幼稚的老虎睡衣，虎頭印在屁股那處一動一動的，那屁股怎麼這麼翹？

時江上前打了牧雲星翹臀一巴掌，屁股還微微晃悠了一下。

嘖。

「是不是長肉了?」

牧雲星皺眉，表情格外不爽，「幹嘛?很痛!」

寫完情書自認爲把時江哄好的牧雲星囂張了不少。

時江笑了一聲，「屁股肉這麼多，還會痛?」說著又捏了一下。

牧雲星「哼」了一下，男人的屁股不能亂捏，太敏感了。

「要你管!你一定偷偷刪文了。」

牧雲星開始質問時江了。

時江意味深長地說：「確實刪了幾個。」

牧雲星皺著眉跟一條特別敏感的舔狗似的，「刪了什麼?」

時江又撥開了老虎褲子捏了一把，「我刪了，能這麼簡單就說出來了?」

牧雲星輕哼一聲，開始制止時江的流氓行爲，但完全制止不了。他騷慣了，態度一點也不強硬。

只有那一張嘴，是比拳頭第二硬的地方。

但時江考慮到牧雲星紅紅的屁股，還是放過老虎本星了。

「他媽的，怎麼現在才說？」

時江說：「再寫幾封情書給我吧。」

牧雲星跟時江對看了幾秒，鼻尖對著鼻尖，彼此的呼吸交織在了一起。

牧雲星脫口就說，「不幹！」乾脆俐落。

時江翻了一個身，「好吧，那也不說。」

「……」牧雲星只好爬到時江身上，可憐兮兮的，「我寫情書要好久才能寫出這樣的。」

時江這次完全不對牧雲星動手動腳了，當作不知道那個初戀就是自己，聲音淡淡的：「初戀有一封，我就跟初戀一樣？」

牧雲星：「……」他一個使勁將時江轉了過來，壓在時江身上，特別霸氣地說：「別人有的你也有，還會比別人多！」

時江旋即一笑，抱住了牧雲星，「這可是你說的哦。」

「對，所以你要告訴我刪了什麼，還有……」

牧雲星突然扭捏了起來，眼神飄忽不定。

「什麼?」時江問。

「抱我一整個晚上唄，好不好?」

牧雲星說完將腦袋抵在時江的頸窩，校霸害羞了。

但是校霸想要徹底哄好時江。

「好吧。」

徹底哄好了!

第二天時江扔垃圾的時候，在書房垃圾桶看到了一堆廢紙，上面還隱約有著牧雲星的字跡。這幾天書房都被牧雲星霸占了，所以這些應該是牧雲星的廢稿。

時江沒忍住，撿出來看了。

好幾張已經寫了好幾百字，都被牧雲星揉成團扔掉。

只有一張，被時江撿回去收藏了。

『親愛的時江：

你好，我是高中時候的牧雲星。我遇到了一個熠熠發光的男孩。但是每次這個男孩見到我的時候都板著一張臉，讓我退縮了。高中時我不談戀愛是藉口，因爲這個男孩不想跟我搞。這個男孩高冷得要死，卻只針對我。（哼）

你好，我是大學時候的牧雲星。久別重逢都是蓄謀已久，但是沒想到這個男孩就在我眼前。大學已經可以談戀愛了，所以，我準備勇往直前。

你好，我是現在的牧雲星。我想告訴你一個祕密，高中和大學時代的男孩都是一個叫時江的人。他出現在我整個青春裡面，也將陪伴我走過剩下的大半輩子。

我說了，因爲我也知道了，高中的我不是孤獨的暗戀，是彼此的默默陪伴。大學的我也不是單戀，是互相試探的雙向奔赴。

暗戀是你，初戀是你，結婚對象依然是你。親愛的時江，細節都是生活裡。我不想肉麻了，我們會有一輩子的時間的。

——超級愛你的牧雲星』

# 番外一：關於評論

◆提問：被搞大肚子是什麼體驗？

匿名使用者：我回來了。你們現在一個個跟想要偷窺我生活的私生飯一樣耶。約會很成功。這幾天我忙著寫情書呢。一個個單身狗，大概連一封情書都沒寫過。

情書也很成功，憑藉這份情書。校草已經被我收拾趴下了。但校草可能過於崇拜我的文筆，我寫完一封後，他還想要我繼續寫。哎，我只能滿足他了。

誰讓他這麼愛吃醋呢，非得贏過初戀。

想知道趴下的過程？這有什麼不能說的？

我憑藉情書讓校草答應了我好多要求。其中就包括我還能不能有發情期的事，他媽的我眞沒有性癮。這詞到底是誰發明的？

所以爲了驗證校草是不是眞的能接受我的過分要求，我等精力特別充沛的時候跟校草說我發情了，校草還眞的配合我了，也沒再說我有性癮了。

剛好週六日，校草仗著我們彼此都已經露餡，給我上了堂ABO知識，還要我穿他的衣服。

眞的，他比我還騷。

但怎麼說他也是上面的，我本來就是趴著的，所以他被我收拾趴下了。

＝＝＝＝＝＝

評論：

『？？？我就隨便問問。樓主你眞不把我們當外人！！！』

『樓主你是眞的不怕校草看到啊！』

『想知道匿名帶娃什麼時候更新！』

↓樓主：我不更新了，他就更新了。

『樓主我想聽你承認你笨。』

↓樓主：滾。

『樓主，這個問題可能不太符合你中二混混的身分。但是，樓主你當時裝Omega會有一點點害怕被戳穿嗎？』

↓樓主：再說中二混混就水桶處理了！不過說眞的，我好像眞的沒有害怕過。那個時候我跟校草說我發情了，說我有特殊的生殖腔，理所當然覺得校草會相信。雖然在看他表情的時候會有點緊張，但內心總覺得他肯定會相信。

我本來以爲是校草太好騙了，但現在看了他那麼多回答又一想，不是的，是校草一直在表達他對我的喜歡。他在事後會替我揉肚子，我想蹺課他就會陪著我一起聽課。我有時候脾氣上來了，他就握住我的手（現在是抱我了），那樣我的脾氣就沒了。一天二十四小時，除了睡覺時間都要跟我膩在一起。雖然那個時候我可能沒有想過這一層，但這種無形的喜歡已經在我的潛意識裡形成了。

在我的潛意識裡，校草是包容、喜歡我的。所以，我騙人會緊張，但是不害怕被戳穿，甚至沒想過被戳穿後該怎麼辦。

不過要是眞的被戳穿了，當場社死的就是我了。

═══

評論：

『哇靠！大意了，竟然在秀恩愛。樓主你變了，果然寫過情書的人用詞都文雅了。但是！你是校霸啊！校霸怎麼可以這麼直接表達愛意！！！你就不怕被校草看到？？』

『就是啊！我從隔壁匿名帶娃那裡過來的。校草的每一個回答都有你，從那裡面看樓主你，就是哪怕有萬分之一的機率，校草也不會讓你有害怕的機會。』

『啊啊啊啊！我來晚了，樓主已經不回覆了嗎？？？』

→樓主：不回覆了，在匿名帶娃那發瘋了。

◆提問：世界上真的有Alpha和Omega嗎？

匿名帶娃：我回來了。我老婆就是最好看的人，我好喜歡我老婆。

＝＝＝＝＝＝

評論：

『帶娃先生？？？一個月了就讓人看這玩意兒？』

『帶娃你要是被你老婆綁架了就點個讚給我。』

『隔壁來的。隔壁沒回覆了，這裡果然就更新了，我懷疑隔壁樓主拿了匿名帶娃的手機。』

＝＝＝＝＝＝

匿名帶娃：是本人，想誇誇自己的老婆不行？老婆天天照顧我，還接送我上下班，夜夜滿足我的欲望，誇他一句不行啊？

＝＝＝＝＝＝

評論：

『就是校草的老婆！從隔壁校霸那裡摸來手機了，校霸沒更新了。校霸說他沒更新校草就更新了！』

『快把手機還給帶娃！我們要跟帶娃先生聊！！！』

牧雲星皺眉，直盯著下面全都是叫囂著讓他把手機還給時江的留言，忍不住撞了撞旁邊正在看書的時江。

時江沒事的時候會在書房看看書，牧雲星則在一旁玩手機陪時江。牧雲星不是不看書，但他一看那些書就想睡。

「你看看，這些網友怎麼這麼聰明？怎麼猜到是我的？我又沒罵人。」

時江接過手機，然後看到牧雲星用他的帳號發的留言，忍不住一笑，「還挺虛榮的？」

牧雲星臉一紅，馬上反駁：「要是你可以登入我的帳號，一定也會這樣！」

時江憋笑，贊同著牧雲星，「我來替你解釋。」

牧雲星說：「那要誇我。」

時江滑著手機，「絕對誇你。」

牧雲星滿意了，趴在桌子上等著時江的誇獎。

❧❧

◆提問：世界上真的有Alpha和Omega嗎？

匿名帶娃：中二混混喜歡聽誇獎，大家不要再調侃他了。評論區多誇誇他，不然不高興了。他不高興了就很難哄。帳號確實給老婆登入了一下，也沒什麼，反正他說的那些也是事實。

還有，這個帳號用來記錄我跟我老婆的日常。

=====

評論：

『是本人嗎？是本人嗎？誇！肯定誇！往死裡誇！中二校霸就是最聰明的！』

『羨慕啊！！每天要嚎一萬遍！我可以一天寫十封情書！』

『臥槽！匿名帶娃關注爲1了！那1就是他老婆啊！！！』

↓看到了！老虎兇猛。我眞的笑瘋了，校霸連名字都這麼霸氣的嗎？

↓哈哈哈哈哈，笑死我了！校霸還關注了ABO社團，收藏了如何成爲一名眞正的Omega！！

↓還有！怎麼提高一個人的文筆哈哈哈哈。校霸的收藏跟名字極端啊！太可愛了這。

↓還回答了婆媳問題。哇靠絕了，校霸太接地氣了。

↓哈哈哈校霸關注那麼多人，帶娃在裡面眞的一點也不突出。

被迫浮出水面的牧雲星看著關注他的人越來越多，氣到不行，多少誇獎都哄不好的那種了！

# 番外二：關於高中暗戀

初三暑假那年，牧雲星去了理髮店，想替自己的劉海染一縷黃毛。

設計師勸了一句：「小帥哥，你這樣已經很帥了。染髮的話，可能達不到你的預期。」

牧雲星要設計師放心染下去，醜了他就染回來。

設計師只好照做了。

染完後，牧雲星照著鏡子，越發覺得自己帥氣，還一臉讚許地跟設計師說他下次還會再來。

設計師：「……」

（自認為）很帥氣的牧雲星就這樣上了高中。但這種劉海一般是混混標配，所以牧雲星本人成功混到了混混團裡。在混混團選老大的時候，牧雲星說自己成績好，成績好智商自然就高，可以帶領混混組走向全國。

一番豪言壯志十分不切實際，但混混們都投了牧雲星。

牧雲星不想稱自己爲混混頭子，所以自封爲校霸。

也因爲牧雲星的自封，導致校裡出現了不少校霸。校霸各自爲營，互不干擾。

校霸牧雲星在高三剛開學的時候，對過來自己學校參加研討會發表演講的時江一見鍾情。

時江站在臺上，穿著寬大校服，但身材比例極其好，特別高䠷，站姿筆直，儀態極好；而且面容俊朗，冷冷清清的眼眸下是高挺的鼻子，嘴唇很薄，聲音很好聽。

牧雲星抬頭看了一眼，眼睛就離不開了。

他媽的，好像遇到了眞愛。

等演講結束後，牧雲星尾隨時江，發現時江收到了一封又一封的情書。情書不是重點，重點是，時江收情書的時候會對女孩微微笑一笑，然後將情書還給女生說：「抱歉。」

操，他也想跟時江這樣對話。

如果時江跟他說抱歉，他就說：「別抱歉，抱我。」

操啊！

這騷情話，他已經知道情書怎麼寫了！

牧雲星寫了半晚的情書，結果第二天上學的時候忘記拿，到了班上才發現情書不在，又跑了回家。

他爸媽坐在沙發前，茶几上是他寫的情書。

牧雲星直覺告訴他不妙。

還眞的不妙。

他爸媽認爲他是想要叛逆。

牧雲星坐在沙發上，乖巧地跟爸媽保證：「我馬上就把頭髮染成黑色，也不去混幫派，談個戀愛就好。」

結果被老媽一個巴掌把他的腦袋拍了下去。

「那還不如去當你的校霸呢。」

牧雲星媽對於牧雲星的校霸身分完全沒放在心上。中二年齡幹著中二的事，但自有分寸。

牧雲星除了偶爾打架讓她被學校請去，還有那一頭老生常談的黃毛問題。

但雲星就愛那一頭黃毛。

牧雲星媽只好幫著牧雲星撒謊：「他從小就是那種顏色。他爸爸也是一頭黃毛。」

但是談戀愛可不一樣，絕對會影響念書。

他家雲星心思這麼單純，一定是這個叫時江的蓄意勾引。

牧雲星媽攥緊了情書，跟牧雲星爸一商量，就把牧雲星轉學了。

但是，她兒子還是被這個叫時江的人勾去了魂。

# 番外三：五二〇

「今天五月二十一號。」時江笑瞇瞇地跟牧雲星說，但顯然牧雲星沒反應過來，「你有事嗎？」

時江走過去將穿著老虎睡衣、正在看電視的牧雲星抱在懷裡。

然後撥開老虎褲子。

牧雲星皺眉，「幹嘛？我現在不想要。」

時江眼眸微動，將牧雲星壓在身下，「昨天五二〇。」

牧雲星推著時江，不理解地說：「所以呢？我不是買花了嗎？」還是一大捧花。

時江忍著笑意「嗯」了一聲，又掀開牧雲星的老虎睡衣，捏住了牧雲星的一對尖端，輕笑著低聲提醒：「確實送花了。但是也到了你最容易懷孕的發情週了啊。」

牧雲星被摸得悶哼一聲，反射性地纏住時江，然後馬上投降。

牧雲星上大學的時候還是對生活很有儀式感的，有什麼情侶過的節日，牧雲星就會發騷。

發騷的原因很簡單，因爲他想跟時江膩在一塊。

但還不能是簡單的發騷，必須有原因。牧雲星在ABO文裡抄了不少設定，時江都選擇相信。

牧雲星也懷疑過是不是時江在耍他，想看他丟臉，但最後都會被時江眞誠地唬了過去。所以，牧雲星在ABO設定的基礎上，還自創了設定。

比如到了重要的節日，他會更容易受孕。

太扯了。

導致時江都不知道自己該不該相信了。牧雲星也意識到過於扯了，只是抓著頭，「開玩……笑呢。」

但話還沒說完，他便被時江抱在了桌子上。

牧雲星有些不知所措，垂著眼眸盯著時江的頭頂，但是時江不跟他對看，只掀開了他的衣服。牧雲星抓緊了桌子邊角，又感覺時江將耳朵貼在了他肚皮上。

耳朵冰涼，但他的肚子發了燒。

牧雲星動也不敢動，意識都快丟了，心臟都跳快了不少。

時江此時卻忽然開口，聲音低啞：「確實。這種節日心情好，心情好自然也就更容易受孕了。」

牧雲星有些恍惚。

是嗎？

那他可以發騷了嗎？

後來牧雲星發了很久的騷，第二天還跟時江說他現在心情也很好，大概會好一週。

意思不言而喻。

牧雲星說完就屏住呼吸等待時江的反應，要是時江不信的話，他就說是開玩笑的。反正都結婚了，生活總得找點樂子。

牧雲星連理由都想好了，但是時江卻問：「發情期是不是要持續一週？」

牧雲星沒敢回答，又想點頭。

時江也不需要牧雲星的回答，又把牧雲星壓在了身下，吻住了牧雲星，「第二天了，我再努力努力。」

牧雲星高興得一蹬腳，在心裡罵了時江一句傻子，腿又纏住了時江。

# 番外四：人魚星星

牧雲星睡得迷迷糊糊的，突然覺得自己的腿好乾，動一下又感覺動的幅度特別大，像是甩來甩去那樣。

甩來甩去？

牧雲星清醒了，睜開了眼睛。

他沒有蓋被子，時江坐在一旁，呆呆地盯著某個地方，牧雲星順著時江的視線看去。

「哇靠？」牧雲星嚇了一跳。

時江也被牧雲星突然的出聲嚇了一跳，不僅如此，他的手臂還被牧雲星甩來甩去的尾巴打到了。

「我的腿！」牧雲星撐著床起來大叫出聲。

時江揉了揉眼睛，「沒了。」

牧雲星：「……」

時江問：「有哪裡不舒服？」

「乾。」

一大早的，時江在浴缸放了一缸的水，試了水溫後，將牧雲星抱了過去。尾巴碰到水後，牧雲星瞬間舒服了不少。

是的，牧雲星的腿沒了，變成了尾巴。還是藍色的尾巴，漂亮是漂亮，但著實是嚇到了兩個人。

牧雲星泡尾巴時，時江正在查這是什麼情況。

「據《山海經》記載，人魚出現在一千年前的古老世界。因爲奇麗漂亮，被五大三粗的人類娶了回家當老婆。但人魚的性欲很強烈，所以娶人魚的人類因爲被人魚掏空身子而無力工作，最後窮困潦倒，人魚也跑了。零星個案在當時沒當回事，但越來越多的人類出現此情況，最後人魚則被人類討伐、趕回了大海。自此，人魚再也沒有踏入人類世界。」

時江讀完沒忍住笑了一聲，「雲星，你是不是太騷了所以……」

「放屁啦！」牧雲星臉紅脖子粗，尾巴還甩著厲害，「我要是一輩子都是這樣，你一輩子都碰不到我了！」

「那還挺折磨人的。」時江摸著牧雲星尾巴笑著說。

雲星尾巴擺了擺，不得不說被摸著還挺舒服的。

時江替牧雲星和自己都請了假，準備先觀察一天。

牧雲星這情況一旦被發現立馬被抓去研究。

牧雲星趴著浴缸邊緣嘆氣，「早知道還不如懷孕被抓去研究呢。」

時江將飯碗放在一邊。因爲腿變成了尾巴，牧雲星的手也不想動了，飯都是時江餵的。

「現在知道生孩子的好處了？」

牧雲星尾巴一甩，「對啊！摸摸！」

理直氣壯的下令，還讓時江摸他的尾巴，摸的是尾巴下面的某個地方。

時江懷疑地問：「該不會是你的生殖腔吧？」

「不要想歪了！那是我的腿！」校霸罵著反駁時江。時江安撫不高興的人魚校霸，給校霸順毛，「好，是我們雲星的腿。」

牧雲星這才甩甩尾巴，超級好哄。

牧雲星整天待在浴缸裡泡尾巴有吃有喝，打遊戲還能被餵零食。中午午休的時候，時江把牧雲星放在了床上，擔心泡久了不好，畢竟牧雲星不是真的人魚。

牧雲星睡了兩小時醒來，發現自己尾巴也沒乾涸，「我可能是來自陸地的人魚。」

時江見牧雲星沒有什麼不舒服，也有點好笑，「陸地的人魚要去看電視嗎？」

牧雲星點頭。

時江無奈地說：「那麻煩挪挪貴人魚尾巴？」

時江的肚子還被牧雲星的尾巴纏著，一隻手摸著牧雲星要求摸的地方。

牧雲星的魚尾巴纏著更緊了，不許時江偷懶，然後自己翻了一個身趴在了時江身上，「抱我吧。」很囂張，反正就是不挪窩。

行吧。

時江認命地伺候家裡的人魚大爺。

人魚大爺不泡尾巴後在時江懷裡窩了一整天，去哪裡都有人抱，尾巴也有人摸，越摸越舒服，讓牧雲星感覺當人魚也還不錯。

但是，時江用一句話打破了牧雲星的幻想，「以後樓下的籃球沒得玩了，遛狗活動也暫停了，最重要的一點是……」

牧雲星眉頭已經皺得緊緊的，他不需要最後一點了，現在就不想當魚了！

「什麼？」

「啪啪啪活動也取消了。我不想對一條魚做什麼。」

！！！

牧雲星被嚇到了，晚上睡覺的時候死死纏著時江，不停祈禱自己第二天一定要變回人。

時江抱緊可愛的小尾巴，低聲一笑，「第二天要是眞的變成人了，你說我的手會放在哪？」

時江的手在牧雲星魚尾偏下的魚鱗裡面摸著。牧雲星非說那裡是他的腳，腳癢。

「我的香腳！」

時江忍笑，「好吧，我看明早放哪裡了。」

結果第二天早上醒來的時候，牧雲星的尾巴已經變回了腿。一雙長腿纏在時江身上。不僅如此，他的小雞雞還被時江摸著，硬得要死。

操！

眞的是那裡！他就奇怪怎麼被摸那麼舒服！

還要臉的牧雲星想偷偷把時江的手拿走，結果一碰上時江的手，就被時江壓在了身下。

「小人魚，嘴還硬嗎？摸了一天一夜了。」

牧雲星放棄糾結，躺平任他上了。

# 番外五：ABO篇（一）

牧雲星在高二暑假的時候分化成了Alpha，有著桂花味的費洛蒙，就是一到秋天，滿校園都能聞到的香味。

一點也不Alpha，味道還很俗。

牧雲星有點嫌棄自己的費洛蒙。

他捏著自己的費洛蒙報告，門外是正在等他的時江。

醫生還在牧雲星的傷疤上戳一下，「你的費洛蒙等級有點弱，建議你打點Alpha抑制劑，這樣不會受到其他Alpha的影響。」

還弱？

他媽的，他不僅是桂花味的Alpha，還是個弱Alpha？

牧雲星攥緊了報告，手已經握成拳頭了。

他忍住怒氣，「是不是只要有Alpha對我釋放費洛蒙，我連架都不要打，直接就趴下了？」

醫生搖頭，「倒也不是。」

牧雲星看到了希望。

醫生又說：「等級壓制是在稍弱的Alpha和厲害的Alpha之間。你的費洛蒙過於弱，遇到一般的Alpha倒也還行。如果是特別厲害的Alpha，你可能會被吸引。」

「吸引？」牧雲星不敢相信。

他一個Alpha竟然會受到另一個Alpha吸引？

醫生點頭，「對。慕強心理。」

「……，那我能標記Omega嗎？」

醫生朝門口微微揚了揚下巴，「外面等著的是你的Omega？看起來挺不錯的，臨時標記的話，大概要多標記幾次。」

意思就是，牧雲星的費洛蒙太弱了，只咬一口不行。

牧雲星氣得要死，臨走前讓醫生重新列印一份報告給他，把上面的費洛蒙改成菸草味的。

醫生有醫德，不幹。任憑牧雲星怎麼用拳頭威脅，醫生就是不幹。

所以牧雲星只好將報告塞成一團扔進了垃圾桶，拉開門跟時江喪氣地說：「Alpha。」

Alpha?

一點也沒驚喜啊！

兩個 Alpha，他不能完全標記牧雲星。本來時江心裡隱隱有些期待牧雲星會分化成 Omega 的。

雖然牧雲星中二，拳頭又硬，但是牧雲星夠騷啊。

牧雲星有一個小翹臀，穿著校服褲看不出來，但穿那種稍微緊身一點的牛仔褲就圓滾滾的，特別可愛。

不僅如此，他吃冰棒時喜歡一口一口地舔，跟隻小貓似的，舌頭一動一動的，特別情慾。

而生氣的時候眼角泛紅，凶萌凶萌的。一般Alpha生氣只有凶，沒有萌。

但是，凶萌凶萌的牧雲星，分化成了Alpha。大概也是最騷的Alpha。時江一想，又笑了。

「不開心？」時江見牧雲星沮喪著一張臉問。

不應該啊，雲星不是最想要分化成Alpha嗎？

牧雲星沒回答，看向他還沒有分化的男朋友。

他跟時江是高二下學期的時候看對眼，如今才在一起三個月。

時江長得帥氣，高高瘦瘦的，只穿著校服都能穿出時尚感。雖然個子比他高，但是性格溫柔，跟他說話的時候永遠都是笑著的。

所以，這麼溫柔的人以後一定會是Omega。絕對會很搶手。牧雲星本來不打算勾搭時江的，因爲時江太優秀了。

太優秀的時江跟他成了朋友，並且一直到下學期除了他，就沒有更好的朋友了。

所以牧雲星就忍不住想勾引了，近水樓臺先得月。他以前做過鑑定表，上面顯示自己分化成Alpha的機率有百分之九十九，另外百分之一是醫學上的保守嚴謹性。所以，牧雲星仗著自己以後一定會分化成Alpha，對著時江死纏爛打，還跟時江保證他以後肯定會是S級別的Alpha，讓時江很有面子。

時江應該是聽信了他的一面之詞，才跟他在一起了。

但是現在，他是最弱的Alpha，不能讓時江有面子了。時江要是知道他是桂花味費洛蒙的最弱Alpha，大概會跟他分手吧。

他媽的。

牧雲星爲了挽救自己的愛情，只好撒謊：「醫生說我的費洛蒙百年難得一見。」說完還試探性地偷看了時江一眼。

時江牽著牧雲星的手出去，有些好笑，「醫生還會這麼說？」

牧雲星又垂眸盯著時江的手看。

如果，他是最弱的Alpha，時江肯定不願意再牽他的手了。

牧雲星繼續說謊：「對，他太驚訝了。」

時江也沒戳穿牧雲星的謊言，反而還很捧場。

「那我男朋友真的好厲害。」

牧雲星被誇著有些不太自然，還有點飄飄然。

雖然厲害是假的，但誇的人是他。

時江又問：「所以，你的費洛蒙是什麼味道的？」

時江還沒有分化，聞不出牧雲星費洛蒙味道。

牧雲星再次說謊：「菸草味，很man吧？」

菸草味？

百年難得一見？時江忍住了笑，菸草味只能讓他想到自己爸爸抽菸，而他跟在後面抽二手菸。

所以，他要是分化後能聞到牧雲星身上的味道，豈不是天天吸菸了？得盡快習慣他爸爸的二手菸啊。

時江完全沒有懷疑牧雲星在騙他，還誇獎牧雲星費洛蒙厲害。

牧雲星高興了一下，馬上又高興不起來了。

雖然被誇的是他，但要是等到時江分化了，滿嘴謊言的他也死定了。

# 番外六：ABO篇（二）

身爲費洛蒙最弱的Alpha，牧雲星認爲自己遲早會被時江甩掉。晚上跟時江分開後，他又偷偷去醫院買了抑制劑，還去專櫃買了一瓶菸草味的香水，瞬間成了一個窮光蛋。

回到家時，爸媽已經下班了，詢問牧雲星檢查情況。

牧雲星連爸媽都騙。

牧雲星惆悵了一會，終於有了些頭緒。畢竟騙人是不長久的，被發現鐵定完蛋。但他可以在時江還沒分化成Omega之前讓時江好好看到他的優點，就算是最弱Alpha，那也是最好的。

也順便多占點便宜，要是眞分手了，以後那就沒得占了。

牧雲星嘴角一歪，快樂地睡覺了。

ஐ

時江一個人住，早上出門倒垃圾打開門的時候，在轉角撇見了靠在牆邊的牧雲星。

牧雲星戴著鴨舌帽，穿著破洞褲，簡單的T恤上衣還自帶鏈條。最要命的是，手臂上的刺青正明晃晃地對著他。

是一個東方龍頭。

牧雲星聽到房門動靜後，瞬間將帽檐弄到後面，湊過來把時江的垃圾搶了過去。

「我幫你丟。」然後露出自己在鏡子前演練過的最帥氣的笑容。

「一大早的，怎麼過來了？」時江問。

牧雲星將垃圾放在地上，抱住時江，拍了拍時江的屁股，抬起腦袋說：

「我感覺我的男朋友需要我了。」

自認爲又占便宜又貼心的牧雲星笑得格外燦爛，時江心情都被牧雲星帶著舒暢了不少，於是默認了牧雲星耍流氓的行爲。

牧雲星在時江懷裡蹭來蹭去，抱著時江不撒手，手還伸進了時江的衣服裡。

他的 Alpha 男朋友果然是最騷的 Alpha。時江沒忍住一笑，依舊沒制止牧雲星的流氓行爲，「這樣都能被你發現？」

牧雲星這才傲嬌地揚了揚下巴，「吃早餐了嗎？」

「還沒。」

「走，你請我。」

他是不是聽錯了什麼？

牧雲星跟時江勾肩搭背地下了樓梯，還不停地對著他動手動腳的。光天化日，朗朗乾坤。

時江還要點臉。

早餐是時江付的錢，不僅如此，牧雲星買的冰棒依舊是時江付的。

跟小貓似的一口一口舔著，極其色情。時江咬著自己手裡的冰棒，眼眸時不時瞥著牧雲星的嘴唇。

得舔一口才行。

商場人多，時江想讓牧雲星陪他去廁所。但是，牧雲星看到商場的夾娃娃機就走不動路了。他拉住時江，又開始了自己撩人之旅，挑挑眉，「喜歡娃娃嗎？」

時江盯著牧雲星的嘴唇，想了想說：「喜歡吧。」

喜歡可愛的雲星娃娃。

牧雲星嘴角勾起，要時江買五十塊錢遊戲幣給他。時江看了看在夾娃娃機面前握著桿蓄勢待發的牧雲星，笑著問：「五十塊錢夠嗎？」

牧雲星哼笑一聲，甩了一下自己的劉海，自認爲無敵帥，「我初中的時候就是個能令夾娃娃機老闆聞風喪膽的惡煞。」

時江也笑了一聲，眞的，怎麼能有人又中二又可愛？

「厲害。」

時江很捧場。

牧雲星眉頭都快挑出星際了，得意地要命。

雖然牧雲星臭屁得要命，但不能不承認，牧雲星在夾娃娃這方面眞的算是天賦異稟。

五十塊錢，牧雲星夾出了三個娃娃。

一個小海豚，一個小兔子，還有一隻小老虎，都是迷你Q版的，但形象可愛。

時江接過最後一個小老虎娃娃，在內心感嘆了一下，雲星這個夾娃娃技術要是喜歡女孩子，還眞能泡到不少妹子。

牧雲星本人對著時江挑挑眉，「厲害吧？」

「厲害。」時江繼續捧場。

牧雲星高興地跟時江勾肩搭背的，「老虎是我，兔子是你，小海豚……」說著說著臉還一紅。

時江裝作懵懂地問：「是什麼？」

牧雲星壞笑，抬眸看了一眼時江，「當然是你爲我生的小寶寶。」

時江也一笑。

他應該是生不出小寶寶了。

時江將娃娃裝進了袋子裡，又繼續牽住牧雲星的手。

因爲時江的默不作聲，讓牧雲星有些懷疑。時江不回答，是不是不想爲他生孩子？

時江以爲他是S級別的Alpha都不想幫他生孩子，要是知道他是桂花味的弱Alpha，就更不會幫他生孩子了吧？

牧雲星沉思了許久，也不知道被時江拉到了哪裡去。

在自己的嘴唇被溫暖的觸感給覆蓋住的時候，牧雲星才反應過來，他的腰已被摟住，牙齒已被撬開，時江正在深吻他。

他媽的，就這樣還不想幫他生寶寶？

牧雲星腦袋還轉了一秒，但接下來一秒都轉不了了。

被吻後的牧雲星嘴唇水潤紅豔，狹小的廁所，連輕輕的喘息聲都聽著一清二楚。

時江心猿意馬的，又咬了一下牧雲星的嘴唇，「想什麼？」

牧雲星回過神，眉頭忽然皺了起來，不滿地看向時江，「你都這樣了，爲什麼不想幫我生寶寶？」

時江愣了一下，拉著牧雲星從隔間出來才說：「可能是想要你幫我生吧。」

牧雲星說：「可是我是 Alpha 啊。」

時江莞爾，捏緊了牧雲星的手，低聲說：「這麼騷，還不會生孩子？」

牧雲星耳朵一紅，「去你……」髒話快要脫口而出，硬是給吞進了喉嚨裡，瞪了一眼時江，聲音粗粗的：「你才騷。」

他媽的，他跟時江的感情還不穩定，不能暴露自己的壞脾氣。

時江笑了一聲，捏了捏牧雲星的手背，給凶巴巴的牧雲星順毛，「嗯，我騷。」

他媽的，耳朵發燙了。

操，時江是小妖精，要是分化成Omega，肯定會被不少Alpha追。

小寶寶是吧。

牧雲星把時江的話放在了心上。

# 番外七：ABO篇（三）

牧雲星不能生寶寶，但是他可以讓時江生，所以牧雲星想把時江給上了，Omega都比較保守。他要是能霸占了時江的身子，時江一輩子都會跟著他了。

等時江分化了，他再多咬幾口時江的腺體。

雖然咬很多口才標記一次很丟Alpha的臉，但時江那個時候已經跟他有不純潔的身體關係了，嫌棄也沒用。

牧雲星唇角微微上揚，晚上蒙著被子在手機裡，搜尋如何上一個還沒有分化的Omega。

沒人問這個。

牧雲星只好自己去找人問。

一下子就冒出不少回答，都是罵他渣男的。

渣男牧雲星氣憤了一下，但還是選擇躺平被酸。他確實是渣A了，想趁著自家Omega還沒有分化就奪人處男身。

牧雲星一個個個點讚罵他渣男的評論，試圖減輕一點自己的罪孽。在一眾評論中，找到一個比較認真的科普貼文。

『還沒有分化的Omega不受費洛蒙的影響，所以在那方面上需要潤滑，還要有大量的ㄑㄧㄢˊㄒㄧˋ。多的說不了，會被刪文。樓主要是想知道，可私訊我，我詳細跟你說。』

牧雲星私訊了這位網友。

老虎兇猛：大大，爲什麼要潤滑？

老虎兇猛：ㄑㄧㄢˊㄒㄧˋ是什麼？要怎麼做？

老虎兇猛：要怎麼才能讓未分化的Omega舒服？

牧雲星的連珠炮三問，讓另一邊的「小鹿亂飛」呆了好一陣子。

小鹿亂飛：？？？大大你幼稚園幾班？他媽的還問我前戲怎麼做？你先告訴我你多大。還有，爲什麼要弄未分化的Omega。

牧雲星連續收到質問，拳頭一硬，但還是認命回覆。

老虎兇猛：我還差三個月滿十八歲。未分化的Omega已經成年了，我要是對他怎麼樣會徵求Omega的同意，這個大大放心。他是我男朋友，因爲是我男朋友太好看，我怕等他分化成Omega，我就沒機會了。

牧雲星稍微加油添醋了一點情況，但大概確實就是這個意思。不就是怕被甩掉嗎？

沒一會兒，就收到了「小鹿亂飛」的消息。

小鹿亂飛：原來如此，也確實。一般眞有那種壞心機也不會在網上問了。但是吧，大大，你這幾個問題像是在問廢話。沒有分化的Omega後面乾澀啊，你要怎麼進去？

老虎兇猛：乾澀？什麼意思？

小鹿亂飛：大哥，我相信你還差三個月沒成年了。你是Alpha吧？你試試用手指往你後面塞，看是不是很乾？

老虎兇猛：潤潤的。

小鹿亂飛：？？？你確定是Alpha？？？

老虎兇猛：去你媽的，老子菸草味特猛的Alpha。

小鹿亂飛：怎麼還飆罵了？哎，反正未分化的Omega就是乾乾的，需要買順滑劑，到時候用的時候……（省略一百字）。等正式開始的時候，你得溫柔。一定要持久，讓你的 Omega 舒服。

老虎兇猛：怎麼這麼麻煩？累嗎？

小鹿亂飛：你是 Alpha 嗎？Alpha 會嫌累嗎？？？？真的不行你讓你未分化的 Omega 把你上了，反正你潤潤的還不需要潤滑。

老虎兇猛：操啊。還能這樣的？要是他把我上了，我還能對他負責嗎？

小鹿亂飛：……要是他把你上了，是他對你負責了。大大，臉皮厚點纏著他一輩子。

老虎兇猛：謝了大大。

小鹿亂飛：？？？

「小鹿亂飛」看著自己發出的資訊顯示未讀，傻在當場，他是在嘲笑這位「老虎兇猛」的。哇靠，不會當眞了吧？

# 番外八：ＡＢＯ篇（四）

牧雲星當眞了，並且三天兩頭地來時江家，不是帶著作業來寫作業，就是跟時江一起玩遊戲。

但人不老實，騷得很。

平時寫作業喜歡手肘碰時江的手肘就不說了，一起玩遊戲，牧雲星只要死了就摸時江大腿。

是眞的摸。

這已經是第三天這樣了，一天比一天過分。

第一次是摸一下還偷看時江，知道不好意思。第二次是摸了好多下，但碰一下就離開，還有點怕羞。這一次，又摸又捏的，看都不看時江；時江都快被牧雲星給摸硬了，完全不想知道羞恥是怎麼寫了。

「牧雲星……」時江啞著嗓子提醒牧雲星。牧雲星「嗯」了一聲回應，手還捏了一把時江的腿，「眞結實！」

時江：「……」

對於自家男朋友時江只能寵著，他低聲警告牧雲星：「摸一下就算了，再這樣就親你了。」

牧雲星眼睛一亮，終於中了他的圈套！牧雲星繼續對著時江動手動腳的，還特別主動抬過去一邊臉蛋。

時江也不管他的遊戲了，將牧雲星給狠狠地親了一口。嘴唇紅潤，眼眸彎彎的牧雲星又將自己的俊臉湊了過去，「我帥嗎？」

時江舔了舔嘴唇，這個時候很配合牧雲星，「帥。」

牧雲星嘴角一歪，挑挑眉，「那對於我這樣帥氣的Alpha，身爲未來會分化成Omega的你，有什麼表示？」

他有什麼表示？抱上去再啃一口嗎？

因為時江的片刻沉默，牧雲星腦袋又湊了近些，「我還是S級別的Alpha。」略微有些緊張兮兮。

時江垂眸，盯著牧雲星的嘴唇說：「厲害。」

還想親。

牧雲星一笑，一屁股坐在時江腿上，令時江悶哼一聲。

還扭屁股。雲星的小翹臀肉，被扭出感覺了。

但牧雲星本人更圈住時江的脖子，在時江耳邊低聲誘惑著：「要不要對這麼厲害的Alpha做點什麼？」

其實牧雲星耳朵已經紅了，聲音還有些顫抖，但正在求歡的他認為自己此刻男人味十足。

時江歪了一下頭，躲過了牧雲星吐露在他臉頰上的呼吸。他的男朋友，是眞的騷啊！

「雲星，你還記得你是Alpha嗎？」時江善意提醒，微微推開牧雲星，但推不動。牧雲星的屁股長在了他腿上似的。

牧雲星張口就騙人，「當然！我可是S級的Alpha，還是最有男人味的菸草味。等你以後分化成了Omega，我只要輕輕咬你一口，」牧雲星說著還亮了亮自己的牙齒，得意地說：「就這排牙齒，咬你一口，時江你什麼不舒服都沒有了，還很有面子，你的Alpha是S級的！」

牙齒也好看，他舔過，還有尖尖的虎牙。時江眼眸微動，托住了牧雲星的屁股，聲音低啞：「我還沒分化。」

牧雲星大方搖頭，「小事啦。」

時江喉嚨乾澀，「我並不一定會分化成Omega。」分化後變成Omega的機率是百分之一。

牧雲星皺眉，思考一番看向時江，臉臭了，「你他媽的是不是在拒絕我？」

時江沉默一下，盯著牧雲星惱羞成怒下一秒就要爆炸的眉毛，輕聲開口：「我在思考，你會不會弄疼我。」

牧雲星：「……」臉蛋慢慢再變紅。

這個意思是讓他當上面的？操啊，他他他——直接想當下面的會不會太丟

Alpha的臉了？

牧雲星默默地從時江腿上下來，蹲在旁邊，盯著旁邊的遊戲手柄，吞了吞口水，「要不然我……辛苦一點？」

說完頭一偏，不看時江了。

時江垂眸看向牧雲星，「潤滑劑買了嗎？」

牧雲星搖頭，「沒……沒買。」

網友說他不需要順滑。

「……」沒有想過當下面的時江也無奈了，「雲星，我現在還沒分化，你沒有……」時江話還沒說完，嘴巴就被牧雲星堵住了。

「我知道了！別說了。我躺平就好。」

時江提醒：「你是Alpha。」

牧雲星又蹲在一旁，「啊」了一聲，耳朵紅透了，知道害羞了。

分化成Alpha的牧雲星眞的是一點都沒變，直接躺平。牧雲星願意當下面的，時江一點也不意外。他的心思好猜得要命，想當下面的原因，一是對上下沒概念，二是怕麻煩。躺平多輕鬆？

這僅限於牧雲星的想法，時江可不是這麼認爲的。

但今天他確實沒打算跟牧雲星怎麼樣，這種事怎麼說也得等牧雲星成年了。牧雲星比他小三個月。自己上個月已過了十八歲生日，但牧雲星還要再等等。

時江見牧雲星垮下了臉，揉了一把牧雲星的腦袋，「還是再等一陣子？等我分化了。」

牧雲星皺眉。

等時江分化了，他更沒機會了。

牧雲星歪著頭，一張俊臉緊張兮兮，「現在不行嗎？我在下面，我體質特殊，不需要潤滑都可以的。」

時江莞爾，眞是的，這就是有個色胚男朋友的苦惱吧。還體質特殊咧？

時江爲了安撫自家的男朋友，微微起身抱住了牧雲星，拍了拍他的後背，哄著說：「再等等吧。怎麼說也得等我的雲星成年了不是嗎？」

被抱住的牧雲星眉頭扭到了一起，手還伸進了時江的後背裡亂摸著。

成年？

那還要三個月，三個月後時江早分化了。

他媽的，年齡眞的是過不去的檻。

牧雲星不死心，「上面也行。」

時江毫不留情：「我拒絕。」

「……」牧雲星嘴角一撇，他媽的，一個弱 Alpha 也是有尊嚴的，有尊嚴的牧雲星選擇抱緊時江，占盡時江便宜。

牧雲星雖然沒買潤滑，但是買了套套，拿作業的時候不小心從書包裡掉了出來。

時江垂眸看到了。牧雲星毫無羞恥心，彎腰撿下還跟時江挑挑眉，「要來嗎？」

時江低聲一笑，在牧雲星覺得自己又有希望的時候，時江問：「雲星，你知道爲什麼昨晚天上的星星又少了一顆？」

扯什麼？

牧雲星陰陽怪氣地回：「少一顆你還能發現？」

時江捏了捏牧雲星的臉蛋，又笑了一聲解釋：「因為那顆星星太騷了被趕下凡間。」

牧雲星瞬間反應過來了，「……」

他媽的，被套話了！操，不跟沒分化的Omega計較了。

牧雲星晚上臨走前把時江床上放著的三個娃娃換了動作。老虎在上面，兔子在下面，被擺成了一個不要臉的姿勢，小海豚則孤獨地躺在一邊。

擺完後又對著時江挑眉。

要命，又騷臉皮又厚。時江扶額，「我拒絕。」

牧雲星臉一垮，「哼」了一聲，只能口頭警告時江：「要是明天我看到娃娃不是這個模樣，你就完蛋了！」

時江也懷疑騷騷的牧雲星是不是在裝A，畢竟他連雲星的報告都沒看到，一個Alpha還老是想當下面的，還有小翹臀。

某天時江跟牧雲星一起去商場，恰好有Alpha故意釋放大量費洛蒙，雖然及時被抓走，但遺留下的費洛蒙味還是很重。在場的Omega，除了已經被標記過的，或多或少身體都有些不適。但雲星一點也沒有。

牧雲星捂緊了鼻子，抓緊時江的手一臉擔憂，「有沒有哪裡不舒服？」時江心裡一暖，搖頭說：「聞不出來。」

牧雲星鬆了一口氣，這才咬牙切齒地罵：「操！這麼垃圾的Alpha竟然還是C等級的。」

時江挑眉，這是有多生氣才當著他面暴露本性？「S等級的Alpha對C等級的Alpha還用『竟然』？」

牧雲星聞言，小臉一白，有些忐忑。其實他是F等級的。但只能粗著嗓子說：「你別費洛蒙歧視。」

時江表示自己很冤枉，他從來沒有替費洛蒙劃分等級過啊。

回去後，時江確定牧雲星沒有裝Omega了。

但仍然很奇怪。到底哪裡奇怪，時江也不能確定，一概只能當雲星太騷了來處理。

# 番外九：ABO篇（五）

牧雲星雖然因爲年齡受限，沒能跟時江發生點肉體關係，但這完全不能阻擋牧雲星繼續占時江便宜的心。

時江眞的是完美男友，太體貼了！牧星雲撅著嘴巴，時江就主動來親他。他伸進了時江衣服裡面，時江就抓住他的手，摳他的手心配合著。他在時江家午睡，叫時江過來，時江就不寫作業了，直接陪他睡覺。甚至……甚至還幫他用手……

他媽的，他感覺自己的體力比不過時江。

晚上時江會送他回家，陪他在他家社區那裡打籃球，會幫他撿球。

這種男朋友哪裡找？

時江越好，牧雲星心裡的愧疚就越重，但又覺得時江不是那種看重費洛蒙的人。可是，當初確實是他說了以後會分化後S級的Alpha，時江才答應跟他在一起的。

煩死了。煩到牧雲星晚上做夢夢到時江一腳把自己踢到太平洋去了。

但第二天當牧雲星看到帥氣的男朋友時，那種愧疚感和煩躁感又沒了。能占一天是一天，只賺不虧。

時江天天被牧雲星纏著，額頭都冒出痘痘了。

牧雲星看見時江額頭上的痘痘高興了不少。他賊兮兮地湊過去跟時江說：「你長痘痘了。」

時江瞥了一眼牧雲星，懶著跟傻子計較。

但牧雲星還要說：「你長痘子了，除了我沒人能看上你了。」

時江冷笑一聲，這麼騷，還敢嫌棄他？時江幽幽地掐住牧雲星的臉蛋，「你最好期待我能晚一點分化。」

牧雲星心裡一個咯噔。

時江……怎麼會知道他想什麼？操！牧雲星抓著時江的衣服到處聞，聞衣服沒聞到什麼味道，所以想去脫時江的褲子。

聽說下面的味道濃點。

時江抓住了牧雲星不老實的手，把人壓在桌子上，就是一頓猛親。

「唔……」牧雲星雙唇被擠開，嘴巴瞬間被堵著喘不過氣，後背被冰涼的手一陣撫摸，甚至還在往下延伸，尾椎被刺激著一顫，對於未知的領域，牧雲星突然騷不起來了。

今天的時江太可怕了。

過了好一會，牧雲星才被放開。他大口呼吸著，嘴唇紅腫，衣服已經被蹭了上去，「操，太……太刺激了。」

比幫他解決還刺激。

時江也好不到哪去，唇角還破了皮，眼眸幽深，但又狠狠壓住牧雲星，低聲威脅：「痘痘好看嗎？」

牧雲星被時江的氣息包裹著，大腿根還貼著時江的硬燙炙熱。牧雲星眼眸呆呆的，突然就不騷了，乖巧地點頭，「好看，跟我絕配。」

牧雲星回答的時候還耍了點小心思。但時江，眞的是Omega——只有Omega才會這麼在意自己的顏值！

時江低笑了一聲，這才放過了牧雲星。

牧雲星一被放開，腿就軟了，癱在時江身上。

時江，太厲害了！一個吻，就讓他變成了這樣。所以，就算時江是Omega，那也是最強的Omega。但他是最弱Alpha。

牧雲星皺起了眉，開心不起來了。

也因爲這個吻，牧雲星覺得自己更配不上時江了。

開學第一天，牧雲星格外認眞。

時江瞥了一眼牧雲星，垂拉著眼皮做著題目。就這個模樣，很難相信牧雲星高一的時候還是個混混頭子。

高一的時候牧雲星挑染了一縷黃毛，加入的混混團一共只有五個人，還自封地是校霸。

高二也是跟他在一起後才把那一縷毛染回黑色，還很鄭重地將自己校霸的位置送給了二把手，然後退出組織。

時江悶笑了一聲，繼續寫著題，不忍心再回憶。太中二了。

高三的班級，連下課說話的聲音都小了很多，刷刷刷一片寫作業聲，掛在牆上的日曆正式開始倒數計時。高三學生有了晚自習，並且被壓榨了週六，只放週日一天。

時江感嘆牧雲星的學習態度極其認眞，一整天了都沒對他動手動腳，怪不習慣的。

但很快的，時江就被打臉了。牧雲星認眞學習了一天，就是爲了晚上好好犒勞自己。

雖然晚自習有老師盯著，但牧雲星騷著很，又是蹭時江小腿，又是摸時江大腿。反正怎麼騷就怎麼來。

時江抓住了牧雲星放肆的手，瞥了一眼牧雲星以示警告。以前這種眼神警告是有用的，但自從牧雲星知道自己跟時江之間隔著一道銀河後，什麼都不管用了。

時江凶他也不管用。摸了這把沒下把，多摸一把賺一把。

牧雲星注意老師，但沒注意班上同學，被好幾個同學看到了。下課有同學趁著時江不在，敲了敲牧雲星的桌子，「牧雲星，你一個Alpha跟時江是沒有結果的！」

牧雲星凶著臉抬頭，一看是班上的Omega男生。牧雲星「嘖」了一聲，瞬間沒了鬥志，但象徵性秀了秀自己的拳頭。

牧雲星雖然不在混混團了，但班上還是有他的追隨者，那兩個長得還可以的男生驚慌地從後面跑了過來。

「老大！打Omega要坐牢的！」

「老大，收回你金貴的拳頭！」

牧雲星故作給他以前小弟面子，重新趴在了桌子上。

Omega 小臉慘白，轉過身小聲問兩人：「牧雲星，眞的會揍人？」「眞的揍，不然你看老大把校草勾搭上了怎麼沒人去找他麻煩？」

Omega 心想，不是因爲牧雲星長得太好看了嗎？要不是牧雲星上課太招搖，他也不至於跑來警告牧雲星。

被警告的牧雲星看著時江回來後，不高興地說：「招蜂引蝶。」腳瞬間就勾搭了時江的腿。

時江：「……」

牧雲星連著後面兩節課越發猖狂。一整個晚自習，兩個多小時，牧雲星都拿來發騷了。不僅如此，晚上他還跟著時江一起回家。

時江家跟牧雲星家不順路。時江先送牧雲星回家，但是到了牧雲星家社區後，牧雲星卻賴著不走，從後面抱住了時江的腰，理不直氣也壯，「我說了，要去你家。」

時江的腰被緊緊環住。

高中生最不能被撩撥，一撩撥就有反應。要是讓牧雲星住他家，今天晚上不用睡了。

「你一個Alpha，晚上住到同學家，叔叔和阿姨會擔心的。」時江苦勸著，牧雲星很無所謂地說：「我是Alpha，我爸媽應該擔心的是你。」

「……」時江迫不得已，只好把臉皮無敵厚的牧雲星帶回家。

果然，一個晚上沒睡好。

第二天某人故技重施。

結果牧雲星一連在時江家住了一週。期間放蕩得要命，週五晚上時江洗澡出來，一眼看見牧雲星屁股高高撅著。

我去。

時江當場就有了反應。

「雲星，你做什麼？」時江克制自己的欲望，耐心詢問。

牧雲星頭偏著看時江，搖了搖屁股，「等你上我。」

「……」沒有比牧雲星更騷的Alpha了。

時江默唸牧雲星還沒成年，心裡咬牙切齒，等雲星成年了，就算他還沒分化，也把這個小騷貨給吃了！

「現在不行。」

時江面癱著臉拒絕。

牧雲星皺眉，屁股還撅著，採用了激將法，「你不行？」

時江「嗯」了一聲，痛快承認。

一直很要面子的牧雲星難以想像會有人拿這種事說謊，屁股癱下去後，空出位子給時江，「算了，我上你。但是我的技術可能不太好，有點怕累，你多動動。」

時江深吸了一口氣，走過去將起身的牧雲星壓在了身下，親了過去，唇齒間低聲威脅：「你就發春吧，雲星，我可都記得清清楚楚。」

到時候一筆一筆算回來。

牧雲星沒聽懂，他只想占時江便宜。時江親他了，還給他那個那個了，也算賺到了。

「隨便你囉。」

完全不知天高地厚。

# 番外十：ABO篇（六）

時江在秋分過後的第三天分化了，是個玫瑰味的Omega。

牧雲星捏著手機的小臉慘白，上面是他跟時江的聊天資訊。

『兔子：我分化了。』

『老虎：！！！這麼快？？？什麼味道的？』

『兔子：玫瑰。明天來陪陪我？』

『老虎：第一天你身上味道重。我怕我控制不住。』

『兔子：沒味道的，你肯定會控制住。就怕你嫌棄我。雲星，你嫌棄我嗎？』

『老虎：怎麼可能？？我明天就過去！！』

牧雲星送出這句話就後悔了，正想撤回，便見到時江秒回：「好！」

操啊！時江都打感嘆號了，是多期待他去啊！

牧雲星盤著腿坐在床上，眉頭皺得快要打結。時江的費洛蒙也是花的味道，但是，時江是Omega啊！玫瑰味的Omega，那有多誘人啊！

他大概得咬十幾口才能標記時江了。

他媽的。

好在他有退路。

牧雲星嘴角又一歪，得意地從抽屜裡將他之前買的菸草味香水拿了出來。

當天晚上洗澡的時候噴了很多，全身上下，哪裡都不放過，噴完後，又再次沖澡，保持一種自然感。

牧雲星洗完澡後對著自己身上嗅聞。淡淡的菸草香。只要跟時江說是他的衣服沾染上的微量又微量費洛蒙，所以聞著不會有什麼感覺。

牧雲星覺得自己聰明極了，從冰箱裡拿了一瓶他爸的啤酒來獎勵自己的男人味。

剛拉開易開罐，他爸就出現了。

牧雲星呆滯當場，「……」

牧雲星爸皺眉看他，「……」

牧雲星瞬間狗腿一笑，小跑著將啤酒塞到他爸手裡，「嘿嘿，幫你開的，太巧了。」

牧雲星爸狐疑地接過，走到沙發坐著，「噴了香水？」

牧雲星撓了撓頭，跑過去坐在他爸旁邊，一臉純眞，「我的費洛蒙溢出來了一點。」

牧雲星爸喝了一口啤酒，動了動鼻子，一臉不信，「小子，你不是桂花味的嗎？桂花味的費洛蒙還能溢出菸草味？」

先拿他爸練手！

牧雲星一陣僵硬，「啥？我是菸草味 Alpha 啊！」

牧雲星爸看了牧雲星一眼，打開了電視，搖著頭說：「笨兒子啊，你開心就好。」

牧雲星：「……」

他媽的。

他爸媽知道他是桂花味的費洛蒙！

牧雲星吞了吞口水，不死心地問：「那我之前跟你們說我是菸草味的Alpha，你們怎麼沒反駁啊？」

「你媽怕刺激到你。」

「爲什麼？」

牧雲星爸認眞看向牧雲星，拍了拍牧雲星肩膀，「小子，別問那麼多，開心最重要。」

牧雲星震驚不已，他爸媽是不是知道他是弱A啊？

他的桂花味費洛蒙露出來了？

「爸，我要是噴上這香水，能說自己是菸草味的Alpha嗎？」

「別人也不是傻子，香水味跟費洛蒙味聞不出來嗎？小子，別太虛榮，學生時代這些事，你以後想起來都後悔。混混團退了嗎？」

牧雲星嘴一撇，不想理他爸了。

煩死，香水白買了。明天怎麼辦？

凌晨一點。家裡的燈都熄滅了，毫無睏意的牧雲星騎了一輛共享單車到了時江住的社區外。

黑漆漆一片。

牧雲星發訊息給時江。

『你來找我吧。』

牧雲星等了一分鐘，時江沒回覆，又直接打了電話，對方手機響了好幾聲才接通。

「雲星？」

「嗯。」

「怎麼了？這個時間打電話給我？」時江的聲音還有剛醒來的沙啞，很低很酥。

牧雲星稍微有一點不好意思，踢了一腳社區外的牆，悶聲說：「看訊息。」說完也不等時江回覆，便將電話掛斷。

凌晨一點的社區一片寂靜，零星的路燈微弱地亮著。牧雲星靠在牆邊抬著頭看天邊的星星。

他打算承認了，承認自己是弱A。騙人是不長久的，與其被時江發現，還不如自己主動承認。

反正該占的便宜也占了不少，就差最後一項了。時江現在已經分化成Omega了，他不能上時江了，因爲會標記時江的。但時江可以上他，他是

Alpha，不會被標記的。

就找個機會把時江灌醉吧。

牧雲星胡思亂想的時間裡，時江跑了出來，額頭還有些細汗，見到牧雲星後，連忙將人抱進懷裡。

「怎麼了？被叔叔阿姨罵了？」

時江身上還有淡淡的洗衣粉香味，沒聞到玫瑰味。不管是Alpha還是Omega，自制力強的都可以好好地控制自己的費洛蒙。這是S級別的。

但他不是。家裡都有他費洛蒙的味道。

牧雲星在時江的懷裡搖頭，抱緊時江，一雙手不耍流氓了，「時江，我想聞聞你的費洛蒙。」

時江感覺牧雲星不太對勁，正要開口。牧雲星又說：「算了。你先聞一下我的脖子，腺體那裡。」

Alpha也有腺體，只是發育不完全。

牧雲星歪了一下脖子。修長的脖頸完完全全暴露在時江眼前，脖子上微微有一點點凸的地方是Alpha的腺體。

時江蹙眉，微微低頭聞了一下。

桂花味？

牧雲星問：「聞到了嗎？」

時江問：「你偷吃別人了？」

牧雲星……：「沒有！」

「桂花味費洛蒙哪裡來的？弱不拉幾的，你也不挑？」時江又對著牧雲星腺體那處吹了吹氣。牧雲星一顫，弱A很容易被勾引。

牧雲星瞬間就炸了，一把用力推開時江，眼睛瞪圓了大叫，「去你媽的！你不僅侮辱我的人格，還侮辱我的費洛蒙！」

牧雲星話音剛落，就見時江笑了起來，眼睛都笑成彎月了。

「操！你耍我！」拳頭硬了，男朋友也要揍！

時江盡量忍著笑搖頭，「沒有。所以你是菸草味的Alpha？」

牧雲星頭一偏，一腳踢跑一顆小石頭，「不是！」

時江過去牽住牧雲星的手，「走吧，大半夜的，真的要在外面跟我鬧啊？」

被說鬧脾氣，牧雲星都不生氣。他跟在時江旁邊，「你不跟我分手啊？」

「我爲什麼要跟你分手？」

牧雲星喪氣地說：「我是個騙子。我不僅不是S級的Alpha，還是個擁有桂花味的弱Alpha。」

時江嘴角一勾，握緊牧雲星的手，腳步沉穩，「雲星，我早就想說了，Alpha真的沒有ABC等級之分。我也對這些沒有任何想法。」

牧雲星不信，「可是明明之前我追你的時候，你聽我說是S級別的Alpha才答應交往的。」

時江低笑了幾聲，「你說了一大堆，我真的只聽到你說，要不要跟你試試這句話而已。」

也不是。牧雲星跟他表白後，他一心只想著親牧雲星上下開合的嘴唇了，其他什麼也沒聽到。

「真的？」

「嗯。」

到了時江家已經快要凌晨兩點了，牧雲星還是有點不敢相信時江不嫌棄他。

時江找了一套睡衣讓牧雲星換上。

牧雲星拿著，才注意到時江也是穿睡衣，他大半夜把時江叫出來，太過分了。

牧雲星面露愧疚，「我……」

「不睏，換上。」

「哦。」

# 番外十一：ABO篇（七）

牧雲星此時此刻格外乖巧，並且毫無防備心，當著時江的面就脫衣服，一邊脫一邊問：「你真的不嫌棄我是弱Alpha嗎？」

時江盯著牧雲星的裸體，眼眸幽深，聲音晦澀，「不嫌棄。」

「那等我成年了，我標記你一次得咬你十幾口你會生氣嗎？」

「不會。」

牧雲星將褲子也換上，感動得要命，「時江，我要跟你說聲對不起。」

「嗯？」

「我這段時間天天想要占你便宜，就怕被你甩了就不能占了，肯定對你造成了不少煩惱。時江，我以後絕對不這樣了！」說著說著還伸出兩根手指對天，「我發誓，我要是還對時江動手動腳，我就……」

牧雲星的嘴巴一下子被時江捂住了，時江的表情不是很好，「閉嘴。」

牧雲星連忙往後退，「我不占你的便宜。」

時江：「……」

這段時間騷得飛天的原因找到了，但是他還是更喜歡騷不停的牧雲星。

時江眼皮微垂，對著躺進床上、縮在一角的牧雲星說：「想提前咬我一口試試嗎？」

牧雲星眼睛瞪圓，有些緊張，「我……我可以嗎？」

時江低聲一笑，眼裡閃過一絲得逞的目光，但聲音依舊很溫和，「可以。」

牧雲星樂死了。

這可是玫瑰味的Omega！

正要咬住時江的牧雲星想了想，又對時江展示了一下自己的牙齒，「雖然我的費洛蒙弱，但是我的牙齒厲害。」

時江悶笑一聲，將磨蹭老半天的牧雲星按在自己的腺體上，「給你咬還廢話這麼多。」

不能忍！

牧雲星張嘴就咬了上去，牙齒剛刺穿腺體，鋪天蓋地的玫瑰味費洛蒙瞬間席捲了他。

操啊！腿軟了。這費洛蒙，牧雲星呆滯了，時江是Alpha。不僅如此，還是能夠吸引他的強A！

牙齒剛嵌進去一點，便酥麻得咬不動了。牧雲星紅著眼正要退出去，便被時江按住了腦袋，牙齒徹底刺穿了腺體。

Alpha對Alpha的標記單純是費洛蒙之間的交流碰撞。Alpha的費洛蒙在進入到另一個Alpha的腺內後，過不了幾天便會徹底消散。

但時江能感受牧雲星的費洛蒙在他體內慫得要死，被擠到了一角，周圍全是他自己的費洛蒙。

玫瑰味包裹住桂花味，讓桂花味的不敢動彈。

咬完時江腺體的牧雲星，彷彿丟了半條命似地癱平在床上。

「你是Alpha。」

時江碰了碰牧雲星的嘴唇，承認。

牧雲星盯著天花板茫然地說：「兩個Alpha怎麼在一起啊？」

時江一笑，捏了捏牧雲星的腺體，「互相吸引還不能在一起？」

已經被時江費洛蒙刺激的牧雲星，完全反抗不了，並且還處於刺激當中沒緩過神來。

下方的小雲星都精神了不少。

時江又問：「你覺得我是S級別的Alpha嗎？」

牧雲星靜了半晌才「嗯」了一聲，「這麼厲害，應該是3S。」

時江沒忍住一樂，在牧雲星腺體那裡打轉，「既然這樣的話，3S的Alpha標記了你，你也就成了3S的Alpha。」

牧雲星又緩了緩，腦袋差不多能轉動了。

Alpha標記Alpha他是知道的，費洛蒙會留在Alpha的體內。時江身上應該有他的費洛蒙的味道，只是因爲他的費洛蒙太弱了，大概聞不到。

但是，如果時江標記他，他身上就會散發時江的費洛蒙了。

但是……

牧雲星看向時江搖頭，「你是玫瑰味的，跟我不一樣。」

時江憋笑，繼續唬牧雲星：「我對外說是桂花味，你說你是玫瑰味，不就行了？」

牧雲星還是很理智，「但是班上同學都知道我是菸草味的。」

「高三只剩一年了，大學有四年，未來可是有大半輩子。」

牧雲星眼睛一亮。

對哦！

操！他想畢業了，等他畢業了，天天讓時江咬他！

3S 級的 Alpha !!

時江的陰謀得逞了，牧雲星大概能騷一輩子。

牧雲星正樂著，腺體一痛。

時江的牙齒刺穿了他的腺體。他媽的，他感受自己的費洛蒙都被時江的包裹住了！

他要成爲玫瑰味的Alpha了。

玫瑰味的牧雲星第二天控制著體內的費洛蒙，但全身仍然飄來淡淡的玫瑰味。

「要不我現在就騙吧，太爽了！」

「你願意跟你爸媽說了？」

牧雲星搖頭，「不說，你咬我後我就在你家住幾天，等味道沒了再回家。」

時江：「……」

馬上就開始騷了。

（全書完）

國家圖書館出版品預行編目資料

上位體驗/小蒹葭作. -- 初版. -- 臺北市：春光出版, 城邦文化事業股份有限公司出版：英屬蓋曼群島商家庭傳媒股份有限公司城邦分公司發行, 2023.01
面； 公分. --
ISBN 978-626-96812-5-9 (平裝)

857.7 111018763

南風系004

# 上位體驗

作　　者／小蒹葭
企劃選書人／王雪莉
責任編輯／王雪莉

版權行政暨數位業務專員／陳玉鈴
資深版權專員／許儀盈
行銷企劃／陳姿億
行銷業務經理／李振東
總 編 輯／王雪莉
發 行 人／何飛鵬
法律顧問／元禾法律事務所　王子文律師
出　　版／春光出版
臺北市104中山區民生東路二段 141 號 8 樓
電話：（02）2500-7008　傳真：（02）2502-7676
部落格：http://stareast.pixnet.net/blog　E-mail：stareast_service@cite.com.tw
發　　行／英屬蓋曼群島商家庭傳媒股份有限公司城邦分公司
臺北市中山區民生東路二段 141 號11 樓
書虫客服服務專線：（02）2500-7718 /（02）2500-7719
24小時傳真服務：（02）2500-1990 /（02）2500-1991
服務時間：週一至週五上午9:30～12:00，下午13:30～17:00
郵撥帳號：19863813　戶名：書虫股份有限公司
讀者服務信箱E-mail: service@readingclub.com.tw
歡迎光臨城邦讀書花園 網址：www.cite.com.tw
香港發行所／城邦（香港）出版集團有限公司
香港灣仔駱克道 193 號東超商業中心 1 樓
電話：（852）2508-6231　傳真：（852）2578-9337
E-mail : hkcite@biznetvigator.com
馬新發行所／城邦（馬新）出版集團　Cite（M）Sdn. Bhd
41, Jalan Radin Anum, Bandar Baru Sri Petaling,
57000 Kuala Lumpur, Malaysia.
Tel:（603）90578822 Fax:（603）90576622　E-mail:cite@cite.com.my

封面插畫／Kopako
封面設計／蔡佩紋
內頁排版／邵麗如
印　　刷／高典印刷有限公司

■ 2023年1月5日初版一刷
Printed in Taiwan

售價／320元

城邦讀書花園
www.cite.com.tw



ISBN　978-626-96812-5-9

| | | | |
|---|---|---|---|
| 廣 | 告 | 回 | 函 |
| 北區郵政管理登記證 | | | |
| 臺北廣字第000791號 | | | |
| 郵資已付，免貼郵票 | | | |

104臺北市民生東路二段141號11樓

**英屬蓋曼群島商家庭傳媒股份有限公司**

**城邦分公司**

請沿虛線對折，謝謝！

愛情・生活・心靈

閱讀春光，生命從此神采飛揚

# 春光出版

書號：OW0004　　書名：上位體驗

請於此處用膠水黏貼

# 讀者回函卡

謝謝您購買我們出版的書籍！請費心填寫此回函卡，我們將不定期寄上城邦集團最新的出版訊息。亦可掃描QR CODE，填寫電子版回函卡

姓名：______________________________

性別：☐男　☐女

生日：西元__________年__________月__________日

地址：______________________________

聯絡電話：__________________ 傳真：__________________

E-mail：______________________________

職業：☐1.學生 ☐2.軍公教 ☐3.服務 ☐4.金融 ☐5.製造 ☐6.資訊

☐7.傳播 ☐8.自由業 ☐9.農漁牧 ☐10.家管 ☐11.退休

☐12.其他 ______________________________

您從何種方式得知本書消息？

☐1.書店 ☐2.網路 ☐3.報紙 ☐4.雜誌 ☐5.廣播 ☐6.電視

☐7.親友推薦 ☐8.其他 ______________________________

您通常以何種方式購書？

☐1.書店 ☐2.網路 ☐3.傳真訂購 ☐4.郵局劃撥 ☐5.其他 __________

您喜歡閱讀哪些類別的書籍？

☐1.財經商業 ☐2.自然科學 ☐3.歷史 ☐4.法律 ☐5.文學

☐6.休閒旅遊 ☐7.小說 ☐8.人物傳記 ☐9.生活、勵志

☐10.其他 ______________________________

請於此處用膠水黏貼

情不知所起，一往而深。
尋著心之所向，乘著拂曉清風，
流往那剎那即永恆之境。

情不知所起，一往而深。
尋著心之所向，乘著拂曉清風，
流往那剎那即永恆之境。